U0642304

古白歌

湘西苗族
民间传统文化丛书

【第二辑】

石寿贵 编

中南大学出版社

出版说明

罗康隆

  少数民族文化是中华民族宝贵的文化遗产，是中华文化的重要组成部分，是各民族在几千年历史发展进程中创造的重要文明成果，具有丰富的内涵。搜集、整理、出版少数民族文化丛书，不仅可以为学术研究提供真实可靠的文献资料，同时对继承和发扬各民族的优秀传统文化，振奋民族精神，增强民族团结，促进各民族的发展繁荣，意义深远。随着全球化趋势的加强和现代化进程的加快，我国的文化生态发生了巨大变化，非物质文化遗产受到越来越大的冲击。 些文化遗产正在不断消失，许多传统技艺濒临消亡，大量有历史、文化价值的珍贵实物与资料遭到毁弃或流失境外。加强我国非物质文化遗产的保护已经刻不容缓。

  苗族是中华民族大家庭中较古老的民族之一，是一个历史悠久且文化内涵独特的民族，也是一个久经磨难的民族。纵观其发展历史，是一个不断迁徙与适应新环境的历史发展过程，也是一个不断改变旧生活环境、适应新生活环境的发展历程。迁徙与适应是苗族命运的历史发展主线，也是造就苗族独特传统文化与坚韧民族精神的起源。由于苗族没有自己独立的文字，其千百年来的历史和精神都是通过苗族文化得以代代相传的。苗族传统文化在发展的过程中经历的巨大的历史社会变迁，在一定程度上影响了苗族传统文化原生态保存，这也就使对苗族传统文化的抢救成了一个迫切问题。在实际情况中，其文化特色也是十分丰富生动的。一方面，苗族人民的口头文学是极其发达的，比如内容繁多的传说与民族古歌，是苗族人民世世代代的生存、奋斗、探索的总结，更是苗族人民生活的百科全书。苗族的大量民间传说也是苗族民间文学的重要组成部分，它所蕴含的理论价值体系是深深植入苗族社会的生产、生活中的。另一方面，苗族文化中的象形符号文化也是极其发达的，这些符号成功地传递了苗族文化的信息，从而形成了苗族文化体系的又一特点。苗族人民的生活实践也是苗族传统文化产生的又一来源，形成了一整套的文化生成与执行系统，使苗族人民的文化认同感和族群意识凸显。传统文化存在的意义是一种文化多元性与文化生态多样性的有机结合，对苗族文化的保护，首先就要涉及对苗族民间传统文化的保护。

《湘西苗族民间传统文化丛书》立足苗族东部方言区，从该方言区苗族民间传统文化的原生性出发，聚焦该方言区苗族的独特文化符号，忠实地记录了该方言区苗族的文化事实，着力呈现该方言区苗族的生态、生计与生命形态，揭示出该方言区苗族的生态空间、生产空间、生活空间与苗族文化的相互作用关系。

本套丛书的出版将会对湘西苗族民间传统文化艺术的抢救和保护工作提供指导，也会为民间传统文化艺术的学术理论研究提供有益的帮助，促进民间艺术传习进入学术体系，朝着高等研究体系群整合研究方向发展；其出版将会成为铸牢中华民族共同体意识的文化互鉴素材，成为我国乡村振兴在湘西地区落实的文化素材，成为人类学、民族学、社会学、民俗学等学科在湘西地区的研究素材，成为我国非物质文化遗产——苗族巴代文化遗产保护的宝库。

(作者系吉首大学历史与文化学院院长、湖南省苗学学会第四届会长)

《湘西苗族民间传统文化丛书》
编 委 会

主　任	刘昌刚
副主任	卢向荣　龙文玉　伍新福　吴湘华
成　员	（按姓氏笔画排序）

石开林　石茂明　石国鑫　石金津

石家齐　石维刚　龙　杰　龙宁英

龙春燕　田特平　伍秉纯　向民航

向海军　刘世树　刘自齐　李　炎

李敬民　杨选民　吴钦敏　吴晓东

吴新源　张子伟　张应和　陈启贵

罗　虹　罗康隆　胡玉玺　侯自佳

唐志明　麻荣富　麻美垠　彭景泉

总　序

刘昌刚

　　苗族是一个古老的民族，也是一个世界性的民族。据 2010 年第六次全国人口普查统计，我国苗族有 940 余万人，主要分布在贵州、湖南、云南、四川、广西、湖北、重庆、海南等省区市；国外苗族约有 300 万人，主要分布于越南、老挝、泰国、缅甸、美国、法国、澳大利亚等国家。

一

　　《苗族通史》导论记载：苗族，自古以来，无论是在文臣武将、史官学子的奏章、军录和史、志、考中，还是在游侠商贾、墨客骚人的纪行、见闻和辞、赋、诗里，都被当成一个神秘的"族群"，或贬或褒。在中国历史的悠悠长河中，苗族似一江春水时涨时落，如梦幻仙境时隐时现，整个苗疆，就像一本无字文书，天机不泄。在苗族人生活的大花园中，有着宛如仙境的武陵山、缙云山、梵净山、织金洞、九龙洞以及花果山水帘洞似的黄果树大瀑布等天工杰作；在苗族的民间故事里，有着极古老的蝴蝶妈妈、枫树娘娘、竹简兄弟、花莲姐妹等类似阿凡提的美丽传说；在苗族的族群里，嫡传着槃瓠(即盘瓠)后世、三苗五族、夜郎子民、楚国臣工；在苗族的习尚中，保留着八卦占卜、易经卜算、古傩祭祀、老君法令和至今仍盛行着的苗父医方、道陵巫术、三峰苗拳……在这个盛产文化精英的民族中，走出了蓝玉、沐英、王宪章等声震全国的名将，还诞生了熊希龄、滕代远、沈从文等政治家、文学家、教育家。闻一多在《伏羲考》一文中认为延维或委蛇指伏羲，是南方苗之神。远古时期居住在东南方的人统称为夷，伏羲是古代夷部落的大首领。苗族人民中确实流传着伏羲和女娲的传说,清初陆次云的《峒溪纤志》载:"苗人腊祭曰报草。祭用巫,设女娲、伏羲位。"历史学家芮逸夫在《人类学集刊》上发表的《苗族洪水故事与伏羲、女娲的传说》中说:"现代的人类学者经过实地考察,才得到这是苗族传说。据此,苗族全出于伏羲、女娲。他们本为兄妹,遭遇洪水,人烟断绝,仅此二人存。他们在盘古的撮合下,结为夫妇,绵延人类。"闻一多还写过《东皇太一考》,经他考证,苗族里的伏羲就是《九歌》里的东皇太一。

《中国通史》(范文澜著,人民出版社1981年版第1册第19页)载:"黄帝族与炎帝族,又与夷族、黎族、苗族的一部分逐渐融合,形成春秋时期称为华族、汉以后称为汉族的初步基础。"远古时代就居住在中国南方的苗、黎、瑶等族,都有传说和神话,可是很少见于记载。一般说来,南方各族中的神话人物是"槃瓠"。三国时徐整作《三五历纪》吸收"槃瓠"入汉族神话,"槃瓠"衍变成开天辟地的盘古氏。

在历史上,苗族为了实现民族平等,屡战屡败,但又屡败屡战,从不屈服。苗族有着悠久、灿烂的文化,为中华文化的形成和发展做出了巨大贡献,在不同的历史阶段,涌现出了许多可歌可泣的英雄人物。

苗族不愧为中华民族中的一个伟大民族,苗族文化是苗族几千年的历史积淀,其丰厚的文化底蕴成就了今天这部灿烂辉煌的历史巨著。苗族确实是一个灾难深重的民族,却又是一个勤劳、善良、富有开拓性与创造性的伟大民族。苗族还是一个世界性的民族,不断开拓和创造着新的历史文化。

历史上公认的是,九黎之苗时期的五大发明是苗族对中国文化的原创性贡献。盛襄子在其《湖南苗史述略·三苗考》中论述道:"此族(苗族)为中国之古土著民族,曾建国曰三苗。对于中国文化之贡献约有五端:发明农业,奠定中国基础,一也;神道设教,维系中国人心,二也;观察星象,开辟文化园地,三也;制作兵器,汉人用以征伐,四也;订定刑罚,以辅先王礼制,五也。"

苗族历史可以分为五个时期:先民聚落期(原始社会时期)、拓土立国期(九黎时期至公元前223年楚国灭亡)、苗疆分理期(公元前223年楚国灭亡至1873年咸同起义失败)、民主革命期(1873年咸同起义失败到1949年中华人民共和国成立)、民族区域自治期(1949年中华人民共和国成立至今)。相应地,苗族历史文化大致也可以分为五个时期,且各个时期具有不尽相同的文化特征:第一期以先民聚落期为界,巫山人进化成为现代智人,形成的是原始文化,即高庙文明初期;第二期以九黎、三苗、楚国为标志,属于苗族拓土立国期，形成的是以高庙文明为代表的灿烂辉煌的苗族原典文化；第三期是以苗文化为母本，充分吸收了诸夏文化，特别是儒学思想形成高庙苗族文化；第四期是苗族历史上的民主革命期(1872年咸同起义失败到1949年中华人民共和国成立)，形成了以苗族文化为母本，吸收了电学、光学、化学、哲学等基本内容的东土苗汉文化与西洋文化于一体的近现代苗族文化；第五期是苗族进入民族区域自治期(1949年中华人民共和国成立至今)，此期形成的是以苗族文化为母本，进一步融合传统文化、西方文化、当代中国先进文化的当代苗族文化。

二

苗族是我国一个古老的人口众多的民族，又是一个世界性的民族。她以其悠久的历史和深厚的文化而著称于世，传承着历史文化、民族精神。由田兵主编的《苗族古歌》，马学良、今旦译注的《苗族史诗》，龙炳文整理译注的《苗族古老话》，是苗族古代的编年史和苗族百科全书，也是苗族最主要的哲学文献。

距今7800—5300年的高庙文明所包含的不仅是一个高庙文化遗址，其同类文化遍布亚洲大陆，其中期虽在建筑、文学和科技等方面不及苏美尔文明辉煌，却比苏美尔文明早2300年，初期文明程度更高，后期又不像苏美尔文明那样中断，是世界上唯一一直绵延不断、发展至今，并最终创造出辉煌华夏文明的人类文明。在高庙文化区域的常德安乡县汤家岗遗址出土有蚩尤出生档案记录盘。

苗族人民口耳相传的"苗族古歌"记载了祖先"蝴蝶妈妈"及蚩尤的出生：蝴蝶妈妈是从枫木心中变出来的。蝴蝶妈妈一生下来就要吃鱼，鱼在哪里？鱼在继尾池。继尾古塘里，鱼儿多着呢！草帽般大的瓢虫，仓柱般粗的泥鳅，穿枋般大的鲤鱼。这里的鱼给她吃，她好喜欢。一次和水上的泡沫"游方"(恋爱)怀孕后生下了12个蛋。后经鹤字鸟(有的也写成鸡字鸟)悉心孵养，12年后，生出了雷公、龙、虎、蛇、牛和苗族的祖先姜央(一说是龙、虎、水牛、蛇、蜈蚣、雷和姜央)等12个兄弟。

《山海经·卷十五·大荒南经》中也记载了蚩尤与枫树以及蝴蝶妈妈的不解之缘："有宋山者，有赤蛇，名曰育蛇。有木生山上，名曰枫木。枫木，蚩尤所弃其桎梏，是为枫木。有人方齿虎尾，名曰祖状之尸。"姜央是苗族祖先，蝴蝶自然是苗族始祖了。

澳大利亚人类学家格迪斯说过："世界上有两个苦难深重而又顽强不屈的民族，他们就是中国的苗族和分散在世界各地的犹太民族。"诚如所言，苗族是一个灾难深重而又自强不息的民族。唯其灾难深重，才能在磨砺中锤炼筋骨，迸发出民族自强不屈的魂灵，撰写出民族文化的鸿篇巨制。近年来，随着国家民族政策的逐步完善，对寄寓在民族学大范畴下的民族历史文化研究逐步深入，苗族作为我国少数民族百花园中的重要一支，其悠远、丰厚的历史足迹与文化遗址逐渐为世人所知。

　　苗族口耳相传的古歌记载，苗族祖先曾经以树叶为衣、以岩洞或树巢为家、以女性为首领。从当前一些苗族地区的亲属称谓制度中，也可以看出苗族从母权制到父权制、从血缘婚到对偶婚的演变痕迹。诸如此类的种种佐证材料，无不证明着苗族的悠远历史。苗族祖先凭借优越的地理条件，辛勤开拓，先后发明了冶金术和刑罚，他们团结征伐，雄踞东方，强大的部落联盟在史书上被冠以"九黎"之称。苗族历史上闪耀夺目的九黎部落首领是战神蚩尤，他依靠坚兵利甲，纵横南北，威震天下。但是，蚩尤与同时代的炎黄部落逐鹿中原时战败，从此开启了漫长的迁徙逆旅。

　　总体来看，苗族的迁徙经历了从南到北、从北到南、从东到西、从大江大河到小江小河，乃至栖居于深山老林的迁徙轨迹。五千年前，战败的蚩尤部落大部分南渡黄河，聚集江淮，留下先祖渡"浑水河"的传说。这一支经过休养生息的苗族先人汇聚江淮，披荆斩棘，很快就一扫先祖战败的屈辱和阴霾，组建了强大的三苗集团。然而，历史的车轮总是周而复始的，他们最终还是不敌中原部落的左右夹攻，他们中的一部分到达西北并随即南下，进入川、滇、黔边区。三苗主干则被流放崇山，进入鄱阳湖、洞庭湖腹地，秦汉以来不属王化的南蛮主支蔚然成势。夏商春秋战国乃至秦汉以降的历代正史典籍，充斥着云、贵、湘地南蛮不服王化的"斑斑劣迹"。这群发端于蚩尤的苗族后裔，作为中国少数民族的重要代表，深入武陵山脉心脏，抱团行进，男耕女织，互为凭借，势力强大，他们被封建统治阶级称为武陵蛮。据史料记载，东汉以来对武陵蛮的刀兵相加不可胜数，双方各有死伤。自晋至明，苗族在湖北、河南、陕西、云南、江西、湖南、广西、贵州等地辗转往复，与封建统治者进行了长期艰苦卓绝的不屈斗争。清朝及民国，苗族驻扎在云南的一支因战火而大量迁徙至滇西边境和东南亚诸国，进而散发至欧洲、北美、澳大利亚。

　　苗族遂成为一个世界性的民族！

三

　　苗族同胞在与封建统治者长期的争夺征战中，不断被压缩生存空间，又不断拓展生存空间，从而形成了其民族极为独特的迁徙文化现象。苗族历史上没有文字，却保存有大量的神话传说，他们有感于迁徙繁衍途中的沧桑征程，对天地宇宙产生了原始朴素的哲理认知。每迁徙一地，他们都结合当地实际，丰富、完善本民族文化内涵，从而形成了系列以"蝴蝶""盘瓠""水牛""枫树"为表象的原始图腾文化。苗族虽然没有文字，却有丰富的口传文化，这些口传文化经后人整理，散见于贵州、湖南等地流传的《苗族古歌》《苗族古老话》《苗族史诗》等典籍，它们承载着苗族后人对祖先口耳相传的族源、英雄、历史、文化的再现使命。

　　苗族迁徙的历程是艰辛、苦难的，迁徙途中的光怪陆离却是迷人的。他们善于从迁徙途中寻求生命意义，又从苦难中构建人伦规范，他们赋予迁徙以非同一般的意义。他们充分利用身体、语言、穿戴、图画、建筑等媒介，表达对天地宇宙的认识、对生命意义的理解、对人伦道德的阐述、对生活艺术的想象。于是，基于迁徙现象而产生的苗族文化便变得异常丰富。苗族将天地宇宙挑绣在服饰上，得出了天圆地方的朴素见解；将历史文化唱进歌声里，延续了民族文化一以贯之的坚韧品性；将跋涉足迹画在了岩壁上，应对苦难能始终奋勇不屈。其丰富的内涵、奇特的形式、隐忍的表达，成为这个民族独特的魅力，成为这个民族极具异禀的审美旨趣。从这个层面扩而大之，苗族的历史文化，便具备了一种神秘文化的潜在魅力与内涵支撑。苗族神秘文化最为典型的表现是巴代文化现象。从隐藏的文化内涵因子分析来看，巴代文化实则是苗族生存发展、生产生活、伦理道德、物质精神等文化现象的活态传承。

　　苗族丰富的民族传奇经历造就了其深厚的历史文化，但其不羁的民族精神又使得这个民族成为封建统治者征伐打压的对象。甚至可以说，一部封建史，就是一部苗族的压迫屈辱史。封建统治者压迫苗族同胞惯用的手段，一是征战屠杀，二是愚昧民众，历经千年演绎，苗族同胞之于本民族历史、祖先伟大事功，慢慢忽略，甚至抹杀性遗忘。

　　一个伟大民族的悲哀莫过于此！

四

历经苦难，走向辉煌。中华人民共和国成立后，得益于党的民族政策，苗族与全国其他少数民族一样，依托民族区域自治法，组建了系列具有本民族特色的少数民族自治机构，千百年被压在社会底层的苗族同胞，翻身当家做主人，他们重新直面苗族的历史文化，系统挖掘、整理、提升本民族历史文化，切实找到了民族的历史价值和民族文化自信。贵州和湖南湘西武陵山区一带，自古就是封建统治阶级口中的"武陵蛮"的核心区域。这一块曾经被统治阶级视为不毛之地的蛮荒地区，如今得到了国家的高度重视，中央整合武陵山片区4省市71个县市，实施了武陵山片区扶贫攻坚战略。作为国家区域大扶贫战略中的重要组成部分，武陵山区苗族同胞的脱贫发展牵动着党中央、国务院关注的目光。武陵山区苗族同胞感恩党中央，激发内生动力，与党中央同步共振，掀起了一场轰轰烈烈的脱贫攻坚世纪大战。

苗族是湘西土家族苗族自治州两大主体民族之一，要推进湘西发展，当前基础性的工作就是要完成两大主体民族脱贫攻坚重点工作，自然，苗族承担的历史使命责无旁贷。在这样的语境下，推进湘西发展、推进苗族聚集区同胞脱贫致富，就是要充分用好、用活苗族深厚的历史文化资源，以挖掘、提升民族文化资源品质，提升民族文化自信心；要全面整合苗族民族文化资源精华，去芜存菁，把文化资源转化为现实生产力，服务于我州经济社会的发展。

正是贯彻这样的理念，湘西土家族苗族自治州立足少数民族自治地区的民族资源特色禀赋，提出了生态立州、文化强州的发展理念，围绕生态牌、文化牌打出了"全域旅游示范区建设""国内外知名生态文化公园"系列组合拳，民族文化旅游业蓬勃发展，民族地区脱贫攻坚工作突飞猛进。在具体操作层面，州委、州政府提出了以"土家探源""神秘苗乡"为载体、深入推进我州文化旅游产业发展的口号，重点挖掘和研究红色文化、巫傩文化、苗疆文化、土司文化。基于此，州政协按照服务州委、州政府中心工作和民生热点难点的履职要求，组织相关专家学者，联合相关出版机构，在申报重点课题的基础上，深度挖掘苗族历史文化，按课题整理、出版苗族历史文化丛书。

人类具有社会属性，所以才会对神话故事、掌故、文物和文献进行著录和收传。以民族出版社出版、吴荣臻主编的五卷本《苗族通史》和贵州民族出版社出版的《苗族古歌》系列著作为标志，苗学研究进入了一个新的历史时期。

湘西土家族苗族自治州政协组织牵头的《湘西苗族民间传统文化丛书》记载了苗疆文化的主要内容，是苗族文化研究的重要成果。它不但整理译注了浩如烟海的有关苗疆的历史文献，出版了史料文献丛书，还记录整理了苗族人民口传心录的苗族古歌系列、巴代文化系列等珍贵资料，并展示了当代文化研究成果。

　　党的十八大以来，以习近平同志为核心的党中央，以"一带一路"倡议为抓手，不断推进人类命运共同体建设，以实现中华民族伟大复兴的中国梦为目标，不断推进理论自信、道路自信、制度自信和文化自信。没有包括苗族文化在内的各个少数民族文化的复兴，也不会有完全的中华民族伟大复兴。

　　因此，从苗族历史文化中探寻苗族原典文化，发现新智慧、拓展新路径，从而提升民族文化自信力，服务湘西生态文化公园建设，推进精准扶贫、精准脱贫，实现乡村振兴，进而实现湘西现代化建设目标，善莫大焉！

　　此为序！

2018 年 9 月 5 日

专家序一

掀起湘西苗族巴代文化的神秘面纱

汤建军

2017 年 9 月 7 日，根据中共湖南省委安排，我在中共湘西州委做了题为"砥砺奋进的五年"的形势报告。会后，在湘西州社科联谭必四主席的陪同下，考察了一直想去的花垣县双龙镇十八洞村。出于对民族文化的好奇，考察完十八洞村后，我根据中共湖南省委网信办在花垣县挂职锻炼的范东华同志的热诚推荐，专程拜访了苗族巴代文化奇人石寿贵老先生，参观其私家苗族巴代文化陈列基地。石寿贵先生何许人也？花垣县双龙镇洞冲村人。他是本家祖传苗师"巴代雄"第 32 代掌坛师、客师"巴代扎"第 11 代掌坛师、民间正一道第 18 代掌坛师。石老先生还是湘西州第一批命名的"非物质文化遗产（以下简称'非遗'）保护"名录"苗老司"代表性传承人、湖南省第四批"非遗"名录"苗族巴代"代表性传承人、吉首大学客座教授、中国民俗学会蚩尤文化研究基地蚩尤文化研究会副会长、巴代文化学会会长。他长期从事巴代文化、道坛丧葬文化、民间习俗礼仪文化等苗族文化的挖掘搜集、整编译注及研究传承工作。一直以来，他和家人，动用全家之财力、物力和人力，经过近 50 年的全身心投入，在本家积累 32 代祖传资料的基础上，又走访了贵州、四川、湖北、湖南、重庆等周边 20 多个县市有名望的巴代坛班，通过本家厚实的资料库加上广泛搜集得来的资料，目前已整编译注出 7 大类 76 本

2500多万字及4000余幅仪式彩图的《巴代文化系列丛书》，且准备编入《湘西苗族民间传统文化丛书》进行出版。这7大类76本具体包括：第一类，基础篇10本；第二类，苗师科仪20本；第三类，客师科仪10本；第四类，道师科仪5本；第五类，侧记篇4本；第六类，苗族古歌14本；第七类，历代手抄本扫描13本。除了书稿资料以外，石寿贵先生还建立起了8000多分钟的仪式影像、238件套的巴代实物、1000多分钟的仪式音乐、此前他人出版的有关苗族巴代民俗的藏书200余册以及包括一整套待出版的《湘西苗族民间传统文化丛书》在内的资料档案。此前，他还主笔出版了《苗族道场科仪汇编》《苗师通书诠释》《湘西苗族古老歌话》《湘西苗族巴代古歌》四本著作。其巴代文化研究基地已建立起巴代文化的三大仪式、两大体系、八大板块、三十七种类苗族文化数据库，成为全国乃至海内外苗族巴代文化资料最齐全系统、最翔实厚重、最丰富权威的亮点单位。"苗族巴代"在2016年6月入选第四批湖南省"非遗"保护名录。2018年6月，石寿贵老先生获批为湖南省第四批非物质文化遗产保护项目"苗族巴代"代表性传承人。

走进石寿贵先生的巴代文化挖掘搜集、整编译注、研究及陈列基地，这是一栋两层楼的陈列馆，没有住人，全部都是用来作为巴代文化资料整编译注和陈列的。一楼有整编译注工作室和仪式影像投影室等，中堂为有关图片及字画陈列，文化气息扑面而来。二楼分别为巴代实物资料、文字资料陈列室和仪式腔调录音室及仪式影像资料制作室等，其中32个书柜全都装满了巴代书稿和实物，真可谓书山文海、千册万卷、博大精深、琳琅满目。

石老先生所收藏和陈列的巴代文化各种资料、物件和他本人的研究成果极大地震撼了我们一行人。我初步翻阅了石老先生提供的《湘西苗族巴代揭秘》一书初稿，感觉这些著述在中外学术界实属前所未闻、史无前例、绝无仅有。作者运用独特的理论体系资料、文字体系资料以及仪式符号体系资料等，全面揭露了湘西苗族巴代的奥秘，此书必将为研究苗族文化、苗族巴代文化学和中国民族学、民俗学、民族宗教学以及苗族地区摄影专家、民族文化爱好者提供线索、搭建平台与铺设道路。我当即与湘西州社科联谭必四主席商量，建议他协助和支持石老先生将《湘西苗族巴代揭秘》一书申报湖南省社科普及著作出版资助。经过专家的严格评选，该书终于获得了出版资助，在湖南教育出版社得到出版。因为这是一本在总体上全面客观、科学翔实、通俗形象地介绍苗族巴代及其文化的书，我相信此书一定会成为广大读者喜闻喜阅、喜欣喜爱的书，一定能给苗族历代祖先以慰藉，一定能更好地传播苗民族文化精华，一定能深入弘扬中华民族优秀传统文化。

2017 年 12 月 6 日，我应邀在中南大学出版社宣讲党的十九大精神时，结合如何策划选题，重点推了石寿贵先生的苗族巴代文化系列研究成果，希望中南大学出版社在前期积累的基础上，放大市场眼光，挖掘具有民族特色的文化遗产，积极扶持石老先生巴代文化成果的出版。这个建议得到了吴湘华社长及其专业策划团队的高度重视。2018 年 1 月 30 日，国家出版基金资助项目公示，由中南大学出版社挖掘和策划的石寿贵编著的《巴代文化系列丛书》中的 10 本作为第一批《湘西苗族民间传统文化丛书》入选。该丛书以苗族巴代原生态的仪式脚本(包括仪式结构、仪式程序、仪式形态、仪式内容、仪式音乐、仪式气氛、仪式因果等)记录为主要内容，原原本本地记录了苗师科仪、客师科仪、道师绕棺戏科仪以及苗族古歌、巴代历代手抄本扫描等脚本资料，建立起了科仪的文字记录、图片静态记录、影像动态记录、历代手抄本文献记录、道具法器实物记录等资料数据库，是目前湘西苗族地区种类较为齐全、内容翔实、实物彩图丰富生动的原生态民间传统资料，充分体现了苗族博大精深、源远流长的文化内涵和艺术价值，对今后全方位、多视角、深层次研究苗族历史文化有着极其重要的价值和深远的意义。

从《湘西苗族民间传统文化丛书》中所介绍的内容来看，可以说，到目前为止，这套丛书是有关领域中内容最系统翔实、最丰富完整、最难能可贵的资料了。此套书籍如此广泛深入、全面系统、尽数囊括、笼统纳入，实为古今中外之罕见，堪称绝无仅有、弥足珍贵，也是有史以来对苗族巴代文化的全面归纳和科学总结。我想，这既是石老先生和他的祖上及其家眷以及政界、学界、社会各界对苗族文化的热爱、执着、拼搏、奋斗、支持、帮助的结果，也体现出了石寿贵老先生对苗族文化所做出的巨大贡献。这套丛书将成为苗族传统文化保护传承、研究弘扬的新起点和里程碑。用学术化的语言来说，这 300 余种巴代科仪就是巴代历代以来所主持苗族的祭祀仪式、习俗仪式以及各种社会活动仪式的具体内容。但仪式所表露出来的仅仅只是表面形式而已，更重要的是包含在仪式里面的文化因子与精神特质。关于这一点，石寿贵老先生在丛书中也剖析得相当清晰，他认为巴代文化的形成是苗族文化因子的作用所致。他认为：世界上所有的民族和教派都有不同于其他民族的文化因子，比如佛家的因果轮回、慈善涅槃、佛国净土，道家的五行生克、长生久视、清静无为，儒家的忠孝仁义、三纲五常、齐家治国，以及纳西族的"东巴"、羌族的"释比"、东北民族的"萨满"、土家族的"梯玛"等，无不都是严格区别于其他民族或教派的独特文化因子。由某个民族文化因子所产生出来的文化信念，在内形成了该民族的观念、性格、素质、气节和精神，在外则形成了该民族的风格、习俗、形象、身份和标志。通过内外因素的共同作用，形成支撑该民族生生不息、发展壮大、繁荣富强的不竭动力。苗族巴代文化的核心理念是人类的"自我不灭"真性，在这一文化因子的影响下，形成了"自我崇拜"或"崇拜自我、维护自我、服务自我"的人类生存哲学体系。这种理论和实践体现在苗师"巴代雄"祭祀仪式的方方面面，比如上供时所说的"我吃你吃，我喝你喝"。说过之后，还得将供品一滴不漏地吃进口中，意思为我吃就是我的祖先吃，我喝就是我的祖先喝，我就是我的祖先，我的祖先就是我，祖先虽亡，但他的血液在我的身上流淌，他的基因附在我的身上，祖先的化身就是当下的我，并且一直延续到永远，这种自我真性没有被泯灭掉。同时，苗师"巴代雄"所祭祀的对象既不是木偶，也不是神像，更不是牌位，而是活人，是舅爷或德高望重的活人。这种祭祀不同于汉文化中的灵魂崇拜、鬼神崇拜或自然崇拜，而是实实在在的、活生生的自我崇拜。这就是巴代传承古代苗族主流文化(因子)的内在实质和具体内容。无怪乎如来佛祖降生时一手指天，一手指地，所说的第一句话就是："天上地下，唯我独尊。"佛祖所说的这个"我"，指的绝非本人，而是宇宙间、世界上的真性自我。

石老先生认为，从生物学的角度来说，世界上一切有生命的动植物的活动都是维护自我生存的活动，维护自我毋庸置疑。从人类学的角度来说，人类的真性自我不生不灭，世间人类自身的一切活动都是围绕有利于自我生存和发展这个主旨来开展的，背离了这个主旨的一切活动都是没有任何价值和意义的活动。从社会科学的角度来说，人类社会所有的科普项目、科学文化，都是从有利于人类自我生存和发展这个主题来展开的，如果离开了这条主线，科普也就没有了任何价值和意义。从人类生存哲学的角度来说，其主要的逻辑范畴，也是紧紧地把握人类这个大的自我群体的生存和发展目标去立论拓展的，自我生存成为最大的逻辑范畴;从民族学的角度来说，每个要维护自己生生不息、发展壮大的民族，都要有自己强势优越、高超独特、先进优秀的文化来作支撑，而要得到这种文化支撑的主体便是这个民族大的自我。

石老先生还说，从维护小的生命、个体的小自我到维护大的人类、群体的大自我，是生物世界始终都绕不开的总话题。因而，自我不灭、自我崇拜或崇拜自我、服务自我、维护自我，在历史上早就成为巴代文化的核心理念。正是苗师"巴代雄"所奉行的这个"自我不灭论"宗旨教义，所行持的"自我崇拜"的教条教法，涵盖了极具广泛意义的人类学、民族学以及哲学文化领域中的人类求生存发展、求幸福美好的理想追求。也正是这种自我真性崇拜的文化因子，才形成了我们的民族文化自信，锻造了民族的灵魂素质，成就了民族的精神气节，才能坚定民族自生自存、自立自强的信念意识，产生出民族生生不息、发展壮大的永生力量。这就充分说明，苗族的巴代文化，既不是信鬼信神的巫鬼文化，也不是重巫尚鬼的巫傩文化，而是从基因实质的文化信念到灵魂素质、意识气魄的锻造殿堂，是彻头彻尾的精神文化，这就是巴代文化和巫鬼文化、巫傩文化的本质区别所在。

乡土的草根文化是民族传统文化体系的基因库，只要正向、确切、适宜地打开这个基因库，我们就能找到民族的根和魂，感触到民族文化的神和命。巴代作为古代苗族主流文化的传承者，作为一个族群社会民众的集体意识，作为支撑古代苗族生存发展、生生不息的强大的精神支柱和崇高的文化图腾，作为苗族发展史、文明史曾经的符号，作为中华民族文化大一统中的亮丽一簇，很少被较为全面系统、正向正位地披露过。

巴代是古代苗族祭祀仪式、习俗仪式、各种社会活动仪式这三大仪式的主持者，更是苗族主流文化的传承者。因为苗族在历史上频繁迁徙、没有文字、不属王化、封闭保守等因素，再加上历史条件的限制与束缚，为了民族的生存和发展，苗族先人机灵地以巴代所主持的三大仪式为本民族的显性文化表象，来传承苗族文化的原生基因、本根元素、全准信息等这些只可意会、不可言传的隐性文化实质。又因这三大仪式的主持者叫巴代，故其所传承、主导、影响的苗族主流文化又被称为巴代文化，巴代也就自然而然地成为聚集古代苗族的哲学家、法学家、思想家、社会活动家、心理学家、医学家、史学家、语言学家、文学家、理论家、艺术家、易学家、曲艺家、音乐家、舞蹈家、农业学家等诸大家之精华于一身的上层文化人，自古以来就一直受到苗族人民的信任、崇敬和尊重。

巴代文化简单说来就是三大仪式、两大体系、八大板块和三十七种文化。其包括了苗族生存发展、生产生活、伦理道德、物质精神等从里到表、方方面面、各个领域的文化。巴代文化必定成为有效地记录与传承苗族文化的大乘载体、百科全书以及活态化石，必定成为带领苗族人民从远古一直走到近代的精神支柱和家园，必定成为苗族文化的根、魂、神、质、形、命的基因实质，必定成为具有苗族代表性的文化符号与文化品牌，必定成为苗族优秀的传统文化、神秘湘西的基本要素。

石老先生委托我为他的丛书写篇序言，因为我的专业不是民族学研究，不能从专业角度给予中肯评价，为读者做好向导，所以我很为难，但又不好拒绝石老先生。工作之余,我花了很多时间认真学习他的相关著述,总感觉高手在民间,这些文字是历代苗族文化精华之沉淀,文字之中透着苗族人的独特智慧,浸润着石老先生及历代巴代们的心血智慧,更体现出了石老先生及其家人一生为传承苗族文化所承载的常人难以想象的、难以忍受的艰辛、曲折、困苦、执着和担当。

这次参观虽然不到两个小时,却发现了苗族巴代文化的正宗传人。遇见石老先生,我感觉自己十分幸运,亦深感自己有责任、有义务为湘西苗族巴代文化及其传人积极推荐,努力让深藏民间的优秀民族文化遗产能够公开出版。石老先生的心愿已了,感恩与我们一样有这种情结的评审专家和出版单位对《湘西苗族民间传统文化丛书》的厚爱和支持。我相信,大家努力促成这些书籍公开出版,必将揭开湘西苗族巴代文化的神秘面纱,必将开启苗族巴代文化保护传承、研究弘扬、推介宣传的热潮,也必将引发湘西苗族巴代文化旅游的高潮。

略表数言,抛砖引玉,是为序。

(作者系湖南省社会科学院党组成员、副院长,湖南省省情研究会会长、研究员)

专家序二

罗康隆

我来湘西20年，不论是在学校，还是在村落，听到当地苗语最多的就是"巴代"（分"巴代雄"与"巴代扎"）。起初，我也不懂巴代的系统内涵，只知道巴代是湘西苗族的"祭师"，但经过20年来循序渐进的认识与理解，我深知，湘西苗族的"巴代"，并非用"祭师"一词就可以简单替代。

说实在的，我是通过《湘西苗族调查报告》和《湘西苗族实地调查报告》这两本书来了解湘西的巴代文化的。1933年5月，国立中央研究院的凌纯声、芮逸夫来湘西苗区调查，三个月后凌纯声、芮逸夫离开湘西，形成了《湘西苗族调查报告》（2003年12月由民族出版社出版）。该书聚焦于对湘西苗族文化的展示，通过实地摄影、图画素描、民间文物搜集，甚至影片拍摄，加上文字资料的说明等，再现了当时湘西苗族社会文化的真实图景，其中包含了不少关于湘西苗族巴代的资料。

当时，湘西乾州人石启贵担任该调查组的顾问，协助凌纯声、芮逸夫在苗区展开调查。凌纯声、芮逸夫离开湘西时邀请石启贵代为继续调查，并请国立中央研究院聘石启贵为湘西苗族补充调查员，从此，石启贵正式走上了苗族研究工作的道路。经过多年的走访调查，石启贵于1940年完成了《湘西苗族实地调查报告》（2008年由湖南人民出版社出版）。在该书第十章"宗教信仰"中，他用了11节篇幅来介绍湘西苗族的民间信仰。2009年由中央民族大学"985工程"中国少数民族非物质文化研究与保护中心与台湾"中央研究院"历史语言研究所联合整理，在民族出版社出版了《民国时期湘南苗族调查实录（1~8卷）（套装全10册）》，包括民国习俗卷、椎猪卷、文学卷、接龙卷、祭日月神卷、祭祀神辞汉译卷、还傩愿卷、椎牛卷（上）、椎牛卷（中）、椎牛卷(下)。由是，人们对湘西苗族"巴代"有了更加系统的了解。

我作为苗族的一员，虽然不说苗语了，但对苗族文化仍然充满着热情与期待。在我主持学校民族学学科建设之初，就将苗族文化列为重点调查与研究领域，利用课余时间行走在湘西的腊尔山区苗族地区，对苗族文化展开调查，主编了《五溪文化研究》丛书和《文化与田野》人类学图文系列丛书。在此期间结识了不少巴代，其中就有花垣县董马库的石寿贵。此后，我几次到石寿贵家中拜访，得知他不仅从事巴代活动，而且还长期整理湘西苗族的巴代资料，对湘西苗族巴代有着系统的了解和较深的理解。

我被石寿贵收集巴代资料的精神所感动，决定在民族学学科建设中与他建立学术合作关系，首先给他配备了一台台式电脑和一台摄像机，可以用来改变以往纯手写的不便，更可以将巴代的活动以图片与影视的方式记录下来。此后，我也多次邀请他到吉首大学进行学术交流。在台湾"中央研究院"康豹教授主持的"深耕计划"中，石寿贵更是积极主动，多次对他所理解的"巴代"进行阐释。他认为湘西苗族的巴代是一种文化，巴代是古代苗族祭祀仪式、习俗仪式、各种社会活动仪式这三大仪式的主持者，是苗族文化的传承载体之一，是湘西苗族"百科全书"的构造者。

巴代文化成为苗族文化的根、魂、神、质、形、命的基因实质。这部《湘西苗族民间传统文化丛书》含 7 大类 76 本 2500 多万字及 4000 余幅仪式彩图，还有 8000 多分钟仪式影像、238 件套巴代实物、1000 多分钟仪式音乐等，形成了巴代文化资料数据库。这些资料弥足珍贵，以苗族巴代仪式结构、仪式程序、仪式形态、仪式内容、仪式音乐、仪式气氛、仪式因果为主要内容进行记录。这是作者在本家 32 代祖传所积累丰厚资料的基础上，通过近 50 年对贵州、四川、湖南、湖北、重庆等省市周边有名望的巴代坛班走访交流，行程达 10 万多公里，耗资 40 余万元，竭尽全家之精力、人力、财力、物力，对巴代文化资料进行挖掘、搜集与整理所形成的资料汇编。

这些资料的样本存于吉首大学历史与文化学院民间文献室，我安排人员对这批资料进行了扫描，准备在 2015 年整理出版，并召开过几次有关出版事宜的会议，但由于种种原因未能出版。今天，它将由中南大学出版社申请到的国家出版基金资助出版，也算是了结了我多年来的一个心愿，这是苗族文化史上的一件大好事。这将促进苗族传统文化的保护，极大地促进民族精神的传承和发扬，有助于加强、保护与弘扬传统文化，对落实党和国家加强文化大发展战略有着特殊的使命与价值。

(作者系吉首大学历史与文化学院院长、湖南省苗学学会第四届会长)

概　述

　　《湘西苗族民间传统文化丛书》以苗族巴代原生态的仪式脚本(包括仪式结构、仪式程序、仪式形态、仪式内容、仪式音乐、仪式气氛、仪式因果等)记录为主要内容,原原本本地记录了苗师科仪、客师科仪、道师绕棺戏科仪以及苗族古歌、巴代历代手抄本扫描等脚本资料,建立起了科仪文字记录、图片静态记录、影像动态记录、历代手抄本文献记录、道具法器实物记录等资料数据库,为抢救、保护、传承、研究这些濒临灭绝的苗族传统文化打牢了基础,搭建了平台,提供了必需的条件。

　　巴代是古代苗族祭祀仪式、习俗仪式、各种社会活动仪式这三大仪式的主持者,也是苗族主流文化的传承载体之一。古代苗族在涿鹿之战后因为频繁迁徙、分散各地、没有文字、不属王化、封闭保守等因素,形成了具有显性文化表象和隐性文化实质这二元文化的特殊架构。基于历史条件的限制与束缚,为了民族的生存和发展,苗族先人机灵地以巴代所主持的三大仪式为本民族的显性文化表象,来传承苗族文化的原生基因、本根元素、全准信息等这些只可意会、不可言传的隐性文化实质。因为三大仪式的主持者叫巴代,故其所传承、主导、影响的苗族主流文化又被称为巴代文化,巴代也就自然而然地成为聚集古代苗族的哲学家、史学家、宗教家等诸大家之精华于一身的上层文化人,自古以来就一直受到苗族人民的信任、崇敬和尊重。

　　巴代文化简单说来就是三大仪式、两大体系、八大板块和三十七种文化。其包括了苗族生存发展、生产生活、伦理道德、物质精神等从里到表、方方面面各个领域的文化。巴代文化必定成为有效地记录与传承苗族文化的大乘载体、百科全书以及活态化石，必定成为带领苗族人民从远古一直走到近代的精神支柱和家园，必定成为苗族文化的根、魂、神、质、形、命的基因实质，必定成为具有苗族代表性的文化符号与文化品牌，必定成为苗族优秀的传统文化之一、神秘湘西的基本要素。

苗族的巴代文化与纳西族的东巴文化、羌族的释比文化、东北民族的萨满文化、汉族的儒家文化、藏族的甘朱尔等一样，是中华文明五千年的文化成分和民族文化大花园中的亮丽一簇，是苗族文化的本源井和柱标石。巴代文化的定位是苗族文化的全面归纳、科学总结与文明升华。

近代以来，由于种种原因，巴代文化濒临灭绝。为了抢救这种苗族传统文化，笔者在本家 32 代祖传所积累丰厚资料的基础上，又通过近 50 年以来对贵州、四川、湖南、湖北、重庆等省市周边有名望的巴代坛班走访交流，行程 10 多万公里，耗资 40 余万元，竭尽全家之精力、人力、财力、物力，全身心投入巴代文化资料的挖掘、搜集、整编译注、保护传承工作中，到目前已形成了 7 大类 76 本 2500 多万字及 4000 余幅仪式彩图的《湘西苗族民间传统文化丛书》(以下简称《丛书》)有待出版，建立起了《丛书》以及 8000 多分钟的仪式影像、238 件套的巴代实物、1000 多分钟的仪式音乐等巴代文化资料数据库。该《丛书》已成为当今海内外唯一的苗族巴代文化资源库。

7 大类 76 本 2500 多万字及 4000 余幅仪式彩图的《丛书》在学术界也称得上是鸿篇巨制了。为了使读者能够在大体上了解这套《丛书》的基本内容，在此以概述的形式来逐集进行简介是很有必要的。

这套洋洋大观的《丛书》，是一个严谨而完整的不可分割的体系，按内容属性可分为 7 大类型。因整套《丛书》的出版分批进行，在出版过程中根据实际情况对《丛书》结构做了适当调整，调整后的内容具体如下：

第一类：基础篇。分别是：《许愿标志》《手诀》《巴代法水》《巴代道具法器》《文疏表章》《纸扎纸剪》《巴代音乐》《巴代仪式图片汇编》《湘西苗族民间传统文化丛书通读本》等。

第二类：苗师科仪。分别是：《接龙》(第一、二册)，《汉译苗师通鉴》(第一、二、三册)，《苗师通鉴》(第一、二、三、四、五、六、七、八册)，《苗师"不青"敬日月车祖神科仪》(第一、二、三册)，《敬家祖》，《敬雷神》，《吃猪》，《土昂找新亡》。

第三类：客师科仪。分别是：《客师科仪》（第一、二、三、四、五、六、七、八、九、十册）。

第四类：道师科仪。分别是：《道师科仪》（第一、二、三、四、五册）。

第五类：侧记篇之守护者。

第六类：苗族古歌。分别是：《古杂歌》，《古礼歌》，《古阴歌》，《古灰歌》，《古仪歌》，《古玩歌》，《古堂歌》，《古红歌》，《古蓝歌》，《古白歌》，《古人歌》，《汉译苗族古歌》（第一、二册）。

第七类：历代手抄本扫描。

本套《丛书》的出版将为抢救、保护、传承、研究这些濒临灭绝的苗族传统文化打牢基础、搭建平台和提供必需的条件；为研究苗族文化，特别是研究苗族巴代文化学、民族学、民俗学、民族宗教学等，以及这些学科的完善和建设做出贡献；为研究、关注苗族文化的专家学者以及来苗族地区的摄影者提供线索与方便。《丛书》的出版，将有力地填补苗族巴代文化学领域里的空缺和促进苗族传统文明、文化体系的完整，使苗族巴代文化成为中华民族文化大花园中的亮丽一簇。

石寿贵
2020 年秋于中国苗族巴代文化研究中心

前 言

　　苗族前人留传下来的原生态苗歌，简称"苗族古歌"。它以诗歌传唱的形式真实地记录、传承了苗族的族群史、发展史和文明史，是苗族历史与文化传承的载体、百科全书以及活化石。它原汁原味地展示了苗族人民口口相传的天地形成、人类产生、族群出现、部落纷争、历次迁徙、安家定居、生产生活等从内到外、从表到里的方方面面的历史与文化，是一个体系庞大、种类繁多、内容丰富、意境高远、腔调悠长、千姿百态的文化艺术形式，也是一种苗族人民历来乐于传唱、普及程度很高的文化娱乐方式。

　　2011 年 5 月 23 日，"苗族古歌"名列国务院公布的第三批国家级非物质文化遗产扩展项目名录；2014 年 6 月，笔者主持的"花垣县苗族巴代文化保护基地"（笔者自家）被湘西土家族苗族自治州政府授牌为"苗族古歌传习所"，2014 年 8 月，被花垣县人民政府授牌为"花垣县董马库乡大洞冲村苗族古歌传习所"。政府的权威认定集中体现了国家对苗族古歌的充分肯定和高度重视。

　　笔者生活在一个世代传承苗歌之家，八九代人一直都在演唱、创作、传承苗歌。太高祖石共米、石共甲，高祖石仕贵、石仕官，曾祖石明章、石明玉，祖公石永贤、石光，父亲石长先，母亲龙拔孝，大姐石赐兴，大哥石寿山等，都是当时享有名望的大歌师，祖祖辈辈奉行的是"唱歌生、唱歌长、唱歌大、唱歌老、唱歌死、唱歌葬、唱歌祭"的宗旨，对苗歌天生有一种离不开、放不下、丢不得、忘不掉的特殊情感，因而本家祖传的苗歌资料特别丰富。笔者在本家苗歌资料的基础上，又在苗族地区广泛挖掘搜集，进而进行整编译注工作。

我们初步将采集到的苗族古歌编辑成了 635 卷线装本，再按其内容与特色分类编辑成《古灰歌》《古红歌》《古蓝歌》《古白歌》《古人歌》《古杂歌》《古礼歌》《古堂歌》《古玩歌》《古仪歌》《古阴歌》，共 11 本，400 余万字，已被纳入国家出版基金项目，由中南大学出版社出版。这批苗族古歌的问世，将成为海内外学术界研究苗族乃至世界哲学、历史学、文学、语言学、人类学、民族学、民俗学、宗教学等学科不可或缺的基本资料，它们生动地体现了古代苗族独创、独特且博大的历史文化和千姿百态、璀璨缤纷的艺术魅力。

截至目前，我们已经出版了《湘西苗族巴代古歌》《湘西苗族古老歌话》等 4 本苗歌图书。《古灰歌》《古红歌》《古蓝歌》《古白歌》《古人歌》《古杂歌》《古礼歌》《古堂歌》《古玩歌》《古仪歌》《古阴歌》11 本被编入了《湘西苗族民间传统文化丛书》第二辑，本册《古白歌》是这 11 本中的第 4 本。

古白歌是指在苗族自古代留传下来的在殡葬活动中所传唱的歌，以亡人棺木为中心，以丧堂为主要场所，以悼念、护送 (超荐)、安置亡人为主体的丧葬悲哀场合内所唱的歌。这种歌在不同的苗区约有 34 种版本，共计 3000 余首。

有几点需要提醒读者朋友们注意。苗族古歌基本上都属于诗歌体裁，但在苗区里基本上是五里不同腔、八里不同韵。本册《古白歌》保存的资料采集于花垣县双龙镇洞冲村一带，此地属于东部方言第二方言区的语音地，书中的苗语发音虽然采用了类似现代汉语拼音的标注方式，但其实与普通话的发音相去甚远。而且，苗族古歌在口口相传的过程中一直没有定本，一直处在流动不居的演变过程之中。这也是本套丛书的价值所在。因此，在整理编写的过程中，笔者也在最大程度地保留了采集到的资料的原貌。因苗区各地的音腔不同，所以苗族古歌的唱腔也有不同，共几十种。我们搜集到一些唱腔，但只知道极少数歌者的名字，而大多数歌者无法列出，为保持统一，在本部分所示的二维码中，我们没有列出歌者的名字，诚望读者谅解。

目 录

第一部分　汉语歌

一、忆慈母恩歌

【唱】

南无报恩德菩萨摩诃莎。

昔日谭香孝双亲，盘古至今。
董永行孝，自去典身，感动天庭。
焦花女，哭麦城，共香扇枕。
目连僧，救母亲，出离苦海。
七岁黄氏，地府对经文。
有王祥，腊月天，卧在寒冰。
龙王水司，来送金鳞，海阔渊深。
蔡顺女孝，孟宗哭竹。
高才女，下东洋，寻她母亲。
丁兰刻木，当表孝心。
有郭巨，去埋儿，天赐黄金。
寿长岁小，六读书文。
荷担僧，为母亲，遍游山林。
元小拖把，劝他父亲。
老莱子，在堂前，要笑欢心。
鞭把接枣，锯树留林。

孟姜女，送寒衣，哭倒长城。
神灵鉴照，永葆长春。
有三人，哭紫金，枝叶发青。
二十四孝，难免沉沦。
若人，若要亡魂皈依，南无佛法僧三宝，
不堕，永不堕沉沦。

南无报恩德菩萨摩诃莎。

【念】

提孝字，泪不干，想起亲恩大如天。
木有根，水有源，为人须当孝为先。
譬如那，借人钱，骗了来生变牛还。
父母账，有万千，不还焉能无罪愆。
在母腹，是肉团，五官百骨尚未全。
吃娘血，娘心烦，面黄肌瘦不堪言。
口又苦，舌又干，脚疲手软走动难。
怀胎账，娘腹欠，借问人子还不还？
到临盆，儿当产，娘命如到鬼门关。
赤膊膊，就包缠，何曾带来半文钱？
娘坐月，三十天，犹如罪人在禁监。
生育账，落地欠，借问人子还不还？
白日里，勤洗换，怕浸屎尿母不安。
时挂牵，娘喂奶，担心小儿受饥寒。
父爱儿，抱起玩，风吹紧藏在心怀。
哺乳账，朝朝欠，借问人子还不还？
到夜来，抱儿眠，枕头就是娘手腕。
娘卧湿，儿卧干，直到天明娘未安。
屎又多，尿不断，衣裙秽污娘耐烦。
服侍账，夜夜欠，借问人子还不还？
走人户，看亲眷，娘背娇儿不生嫌。
太阳大，炎热天，横身热汗透衣衫。

到了屋，娘口干，先喂儿奶茶后餐。
汗诲账，刻刻欠，借问人子还不还？
六七岁，送学馆，教儿发奋读圣贤。
买纸笔，出学钱，总求先生要耐烦。
爱逃学，好躲懒，费力淘气讲不完。
教育账，年年欠，借问人子还不还？
十几岁，定姻缘，请媒接亲非等闲。
到成婚，事多端，又送礼品缝衣衫。
办礼物，摆酒宴，支用件件都要钱。
婚配账，凭证欠，借问人子还不还？
了子愿，不上算，还要与儿争完园。
富贵时，家业宽，贫穷难争屋几间。
又种地，又种田，其中辛苦不堪言。
家业账，眼前欠，借问人子还不还？

【唱】

南无报恩德菩萨摩诃莎。

灵山会上释迦尊，报答爹娘养育恩。
十月怀胎娘辛苦，三年乳哺母殷勤。

一尺五寸娘生下，娘奔死来儿奔生。
世间父母为最大，父母不亲是谁亲？

四两幼儿抚养大，恩德最大是生身。
衣食住行都照料，没有一样不操心。

贵者不过黄金贵，亲者不过父母亲，
冬寻衣棉来穿戴，夏避炎热找凉阴。

秋季种粮洒热汗，春破冰雪去深耕。
劳碌奔波持家业，千辛万苦为儿孙。

披星戴月尝尽苦，不为儿孙为谁人？
为儿为女受苦难，可怜天下父母心。

而今永别千秋去，怎么不伤孝子心？
有气之日知亲故，死后谁知是谁人。

但过千百年之后，荒山土上坟堆坟。
风吹摇动坟上草，土堆乱石哪知情。
人吃黄土百余岁，黄土埋人万万春。

南无报恩德菩萨摩诃莎。

【念】

十月母怀胎，生怕惊动儿。
母食多忌口，生怕毒中儿。
母心日日忧，生怕难产儿。
临盆生下来，生怕难养儿。
屎尿勤洗换，生怕龌龊儿。
三年必乳哺，生怕饿坏儿。
娘睡不安枕，生怕压坏儿。
移干就湿卧，生怕弄湿儿。
哪里有响动，生怕惊醒儿。
一哭忙哄抱，生怕哭坏儿。
勉强走得路，生怕跌着儿。
一时往外走，生怕没见儿。
吃饭嚼烂喂，生怕哽着儿。
茶饭吹冷喝，生怕烫着儿。
天热忙打扇，生怕热着儿。
夏天太阳大，生怕晒了儿。
时时赶蚊虫，生怕咬着儿。
冬天烤衣裤，生怕冷着儿。
灶门火炉前，生怕烧坏儿。
饮食慎饥饱，生怕胀坏儿。

得了好美味，生怕瞒了儿。
痘麻忌风吹，生怕害了儿。
多事该挨打，生怕打痛儿。
若与人打架，生怕打伤儿。
有病求医药，生怕病坏儿。
衣衫勤洗浆，生怕污了儿。
长大送读书，生怕蠢了儿。
同类有歹人，生怕带坏儿。
安顿有职业，生怕误了儿。
父母苦力挣，生怕穷了儿。
改过做好事，生怕折磨儿。
定亲择贤淑，生怕累了儿。
喜事办热闹，生怕冷淡儿。
银钱尽儿用，生怕逼紧儿。
活路请人做，生怕累出儿。
凡事办周全，生怕亏了儿。
父母一片心，生怕忘了儿。
父母年纪老，生怕难扶儿。
儿是父母心，生怕难了儿。
从来父母心，处处为了儿。
此处说不尽，情悉众皆知。

【唱】

南无报恩德菩萨摩诃莎。

大孝目连孝双亲，诚心斋戒拜佛圣。
投佛赐下往生路，金童接引往西行。

在堂父母增福寿，过去祖宗早超生。
孝顺还生孝顺子，忤逆总生忤逆人。

臣报君恩子孝母，孝顺常怀记在心。

为子不把双亲奉，死在地狱不翻身，
为子不把双亲奉，死在地狱不翻身。

南无报恩德菩萨摩诃莎。

【念】

报亲恩，莫怕难，亲身要养心要安。
养亲身，无别件，莫令劳碌受熬煎。
己有事，闻呼唤，活路丢开即向前。
辛苦恩，报不完，竭力服侍亲也欢。
清早起，进房间，问亲昨夜安不安。
洗了面，奉茶烟，备办饮食味新鲜。
晨与午，两顿饭，尽力所为莫辞钱。
乳哺恩，报不完，至诚奉养亲也欢。
到夜晚，送亲安，待亲睡稳把门关。
热天来，常打扇，帐内莫令蚊子钻。
冷天来，衣厚穿，被条褥子要新棉。
瞌睡账，报不远，安眠自在亲也欢。
若父母，有病患，即请名医莫迟延。
一时刻，把药煎，预先尝过献亲前。
带不解，衣不宽，日夜操劳不安然。
忧心恩，报不远，病体痊愈亲也欢。
父母老，精神倦，想要出门走动难。
或坐轿，或披鞍，轿要扶住马要牵。
或走路，防跌倒，儿辈总要随身边。
汗水恩，报不远，出入扶持亲也欢。
顺亲心，第一件，父母为儿配姻缘。
听父教，遵母言，夫妇有别莫生嫌。
天佑你，早生男，承宗接祧祀祖先。
婚姻恩，报不完，早添儿孙亲也欢。
二双亲，不得闲，创成家业苦难言。
为后嗣，当体念，不能读书就耕田。

男发奋，女勤俭，早起晚睡莫贪眠。
挣家恩，报不远，谨守家业亲也欢。
亲百年，闭了眼，衣食棺椁办周年。
卜佳穴，无别端，要避风蚁防水淹。
做道场，办斋筵，随佛超度往西天。
养育恩，报不完，死葬于礼亲也安。
父母恩，有万端，舍了身子报不完。
依此语，去偿还，万分可报一二三。

【唱】

南无报恩德菩萨摩诃莎。

诸佛如来劝世人，奉劝世人孝双亲。
贵者不过黄金贵，亲者不过父母亲。

一岁二岁娘怀内，三岁四岁下地行。
五岁六岁犹自可，七八九岁读书人。

二十几岁婚娶了，扶持儿女把家成。
来往若得人生做，莫忘爹娘养育恩。

父母便是灵前佛，犹如灵山拜世尊。
父母便是灵前佛，犹如灵山拜世尊。

【唱】

南无报恩德菩萨摩诃莎。

【念】

父母养育恩，一点忘不得。
父母教训你，一点违不得。
父母安顿你，执业荒不得。

父母呼唤你，答应缓不得。
父母使用你，一点误不得。
父母吩咐你，一刻懒不得。
父母说你错，一句回不得。
父母有过失，对人说不得。
欢容委婉劝，照直讲不得。
父母打骂你，心中怨不得。
父母定的亲，好丑嫌不得。
父母所喜人，亲爱感不得。
父母有爹娘，孝敬少不得。
父母小儿女，嫌贱起不得。
父母要吃穿，贵贱惜不得。
父母寿诞日，六亲推不得。
每逢冬夏日，温凉少不得。
逐日要问安，定省免不得。
父母未安寝，你先睡不得。
父母若早起，你贪眠不得。
父母年衰迈，远方去不得。
父母有钱产，未殁分不得。
父母做善事，一毫阻不得。
父母做恶事，一点顺不得。
父母有病患，医药缓不得。
汤药亲自尝，一刻离不得。
昼夜勤守候，衣带解不得。
父母若死了，衣棺省不得。
居丧合乎礼，宰杀用不得。
有期即安葬，久停忍不得。
百日犹未满，头发剃不得。
夫妻虽合好，同床眠不得。
席上有佳肴，酒荤沾不得。
七七守灵坟，出门宿不得。
三年服丧满，欢歌唱不得。
孝服如未除，嫁娶忙不得。

父母立法度，擅自改不得。
坟墓宜坚固，马虎践不得。
忌日与亲难，悲哀忘不得。
清明七月半，祭祀免不得。
此是志公言，句句都懂得。
四十条谨记，人人皆记得。

【唱】

南无报恩德菩萨摩诃莎。

【白】

第一重恩，子当酬报。

【唱】

第一重恩，养育生身母，十月怀胎，昼夜娘辛苦。
临产之时，性命全不顾，痛如刀铲，恰似割肠肚。

一岁孩儿，抱在娘怀内，将乳喂儿，吃了昏昏睡。
母在家中，寻些生活计，愿儿成人，报答娘恩义。

二岁孩儿，渐渐行得地，爹娘见儿，心内多欢喜。
口里嚼食，喂与孩儿吃，愿儿成人，报答娘恩义。

诸佛如来把人劝，为人须当孝为先。
父母恩德实难报，好比地阔与天宽。

十月怀胎娘辛苦，三年乳哺费心田。
怀胎一月二月满，无影无形在身边。

母怀三月四月满，行也不宁从不安。

怀胎五月六月满，不想茶饭思冷酸。

母怀七月八月满，纵有美味不思餐。
头昏眼花心烦乱，哪得安然过一天。
头昏眼花心烦乱，哪得安然过一天。

儿在腹中母挂念，忽到产儿苦连天。
孩儿生下见了面，父母又愁又喜欢。

春天生儿犹自可，夏天生儿热炎炎。
秋季生儿平温和，冬季生儿三九寒。

见儿犹如拈了宝，焚香叩圣保儿安。
热水一盆洗儿面，扯下罗裙包儿缠。

日往月来忙似箭，望儿一天长一天。
口口喝的是娘血，长大全靠娘的奶。
口口喝的是娘血，长大全靠娘的奶。

又怕乳少儿受饿，口中嚼食把儿添。
无事抱儿到处转，又背又抱不安然。

闲来哄儿把闷散，逗儿发笑心喜欢。
小儿夜多大小便，屎尿解在娘身边。

臭气难闻全不顾，只望孩儿长红颜。
左边湿了右边摄，右边湿了往左边。

左右湿了无处睡，将儿抱在身上眠。
不敢伸来不敢缩，动出又怕儿不安。

随娘同睡儿怀恋，枕头就是娘手腕。
一夜哪曾闭眼睡，又吵又闹不能眠，

一夜哪曾闭眼睡，又吵又闹不能眠。

污秽衣裳洗裙布，触犯江河造冤愆。
打开冰水来搓洗，十指冰冻口内含。

一岁二岁娘怀抱，三岁四岁自行转。
冷天背儿腰酸累，热天背儿汗不干。

想把扇子摇几扇，怕儿受风得伤寒。
思想此情泪难干，养育恩深比昊天。
思想此情泪难干，养育恩深比昊天。

【白】

第二重恩，子当酬报。

【唱】

三岁孩儿，行到堂前地，观见三宝，知会伸敬礼。
愿儿早早离了尘劳地，龙华盛会，报答娘恩义。

四岁孩儿，行到堂前地，把手招儿，抱在娘怀内。
抱在胸前，犹如心肝肺，愿儿成人，报答娘恩义。

第二重恩，病在牙床上，痛苦无奈，便把医生唤。
母子情深，深似东洋海，为儿为女，惹得来生怪。

二岁孩子事如何，爹娘一见喜气多。
喜儿立在堂前地，愿儿成人少折磨。

三岁孩儿如宝贝，爹娘见儿心欢喜。
愿儿吉康大吉利，长大能报深恩义。

四岁孩儿知亲疏，乡当邻里皆和睦。
父母一见心花放，见儿伶俐母欢心。

一朝得了些小病，父母慌张无六神。
六岁孩儿走四方，父母一见喜非常。
合家将就如此过，七岁将来送学堂。

【白】

第三重恩，子当酬报。

【唱】

第三重恩，移干就湿卧，取一脚盆，无般不洗过。
不嫌龌龊，口中把食嚼，两手酸麻，十指风吹破。

第三重恩，乳哺常挂念，时时刻刻，喂儿三五更。
喝得慈容，骨瘦如干柴，面色青黄，容颜都改变。

第三重恩，娘受无抱怨，每日嚼食，喂与孩儿吃。
甜与儿吃，酸苦娘自咽，烦闷色忧，愁心无抱怨。

第三重恩，渐渐知人事，学笑言语，无般不能做。
周留膝前，做些奇巧事，抚养勤劳，恩情如天厚。

七岁孩儿，送入学堂内，读些诗书，背写文章礼。
知冷寒热，父母心挂意，愿儿成人，报答娘恩义。

七岁孩儿，五更早早起，急往学堂，父母在家里。
心内担忧，先生怕得罪，愿儿成人，报答娘恩义。

七岁孩儿知偷常，送在学堂读书章。
要学古人张公义，孩儿百忍永同房。

八岁孩儿见心机，父母教训件件依。
孝顺还生孝顺子，忤逆还生忤逆人。

九岁孩儿知孝悌，出入乡当都和气。
亲友弟兄明大义，要得忍让亲欢喜。

十岁孩儿以周完，祈恩报本礼慈颜。
在堂父母增福寿，过去祖宗早超升。
在堂父母增福寿，过去祖宗早超升。

【白】

第四重恩，子当酬报。

【唱】

第四重恩，早晨去到晚，双亲慌忙，倚门立立望。
寒冷穿衣，饥时来吃饭，长大成人，不听爹娘唤。

八岁孩儿，渐渐长成器，父母勤劳，蓼莪诗当记。
二十四孝，都在心头里，愿儿成人，报答娘恩义。

第四重恩，长大离亲娘，儿行千里，母挂万里路。
好酒贪花，无般不做过，听信妻言，忘了娘恩义。

长大孩儿，得知古人意，郭巨埋儿，感动天和地。
王祥卧冰，孟宗哭竹笋，愿儿成人，报答娘恩义。

第四重恩，家常都完毕，枉费心机，不肯修斋会。
腰头低膝，步步全不济，为儿为女，造下无边罪。

长大成人，自有冲天志，不孝徒劳，百岁有何益。
孝敬爹娘，自有龙天佑，普劝世人，报答双亲义。

诸佛如来劝世人，儿女要把父母尊。
贵者不过黄金贵，亲者不过父母亲。

父母不亲是谁亲，不孝父母孝谁人。
一岁二岁娘怀内，三岁四岁下地行。

五岁六岁娘心上，七八九岁读书人。
十一二岁容易过，十七八岁离娘身。

二十几岁婚配了，便把爹娘奉双亲。
男子修身三百报，女子修身三百春。

来往若得人生做，莫忘爹娘养育恩。
父母本是灵山佛，何必灵山拜世尊。
父母本是灵山佛，何必灵山拜世尊。

【白】

第五重恩，子当酬报。

【唱】

春季孩儿，娘心多欢喜，一时怕寒，瘟疫沾身体。
好不担心，拢在娘心里，休忘从前，小时娘抬举。

夏季孩儿，坐大清凉地，恐怕蛇虫，咬着儿身体。
便将纱罗，遍身都罩被，休忘从前，小时娘抬举。

秋季孩儿，最怕寒风雨，秋风飘飘，犹虑孩儿体。
父母爱儿，时时手摸起，休忘从前，小时娘抬举。

冬季孩儿，暖被温床睡，娘把烘炉，炭火烤热气。
抱在怀中，怕惧寒中睡，休忘从前，小时娘抬举。

奉劝世人，行孝要仔细，合掌当胸，尽坐生惭愧。
应报爹娘，十重恩和义，休忘从前，小时娘抬举。

目连下跪血盆门，替娘受罪半时辰。
养子一生无报答，诚心斋戒礼血盆。

在堂父母增福寿，过去祖宗早超升。
佛圣指引往生路，金童接引往西行。

臣报君恩子孝母，孝顺常怀记在心。
为了不把双亲奉，万古千秋留恶名。

生要养来殁要丧，为了当报养育恩。
与母修建血盆会，应修片善孝慈亲。
与母修建血盆会，应修片善孝慈亲。

朗诵真经玄更玄，愿超慈母上九天。
一卷灵文通三界，五色莲花出九泉。

红波渺渺连天水，碧浪滔滔涌金莲。
儿女思念来超度，阴间相隔到阳间。

无声无息枢中卧，无形无影棺内眠。
纵有千般言和语，人死怎能把口开。

孝信诚心修斋会，超度亡魂心也安。
超度亡魂承佛力，随佛超度往西天。

正月怀胎如露淋，桃李花开正逢春。
好似水上浮萍草，未知生根不生根。

二月怀胎不记时，手酸脚麻路难行。
眼花不见穿针线，放下花鞋懒起身。

三月怀胎三月三，三餐茶饭吃两餐。
三餐茶饭不想吃，只想酸梅口中含。

四月怀胎渐渐紧，浑身骨软闷沉沉。
年轻生子尤小可，老来生子更艰辛。

五月怀胎分男女，七孔八窍便成人。
是男是女心中想，生下地来见分明。

六月怀胎三伏天，烧茶烧水怕上前。
堂上扫地身难转，行路犹同上高山。

七月怀胎正是秋，时刻记儿在心头。
物高不敢伸手取，物低不敢低头抽。

八月怀胎桂花香，收谷进仓大农忙。
母亲怀胎多辛苦，头昏眼花面皮黄。

九月怀胎重如山，低头容易起床难。
吃饭不敢多吃口，罗裙不敢紧腰缠。

十月怀胎刚刚满，儿在腹中团团转。
左手扯娘身上肉，右手扯娘肚里肝。

一阵痛来一阵忙，两阵痛来失了魂。
牙齿咬得钢钉断，两脚踩得地皮穿。

生命危危往心头，十分苦楚最难当。
叫娘上天天无路，叫娘下地地无门。

结发丈夫心怀思，洗手焚香叩神灵。
一许生来并保界，二许南海观世音。

观世音来观世音,救了世间多少人。
三许长生并土地,四许家先满堂神。

今日许愿功德满,孩儿方得降下身。
孩儿下地哭一声,娘在房中两世人。

孩儿下地哭两声,堂上公婆放了心。
孩儿下地哭三声,娘在床上又翻身。

金盆打水来洗理,罗裙包儿在娘身。
日间苦处容易过,夜间苦处更加深。

左边干床让儿睡,右边湿处娘安身。
若是两边都湿了,双手抱儿到天明。

一日吃娘三肚奶,三日喝娘九肚浆。
娘奶不是长江水,又非山中树木浆。

口口吃娘身上血,娘亲老了面皮黄。
吃得娘身瘦如柴,养儿育女苦难当。

一岁两岁吃娘奶,三岁四岁离娘身。
若是到了七八岁,送子学堂攻书文。

先读三字百家姓,后读四书并五经。
自幼读书学礼仪,柴米油盐送先生。

孩儿出门读书去,堂上公婆才放心。
早晨出门望到午,午间望到日西沉。

一愁孩儿身上冷,二愁孩儿肚里饥。
三愁孩儿年纪小,四愁孩儿被人欺。

五愁孩儿水边耍,六愁孩儿上高梯。
七愁孩儿生麻痘,八愁孩儿有病体。

九愁孩儿性懒惰,十愁孩儿不成人。
可怜天下的父母,为儿为女操尽心。

孩儿今日长大了,请个媒人去提亲。
配得张家李氏女,花花轿子接上门。

孝顺儿子孝父母,不孝之人孝妻情。
妻子的话是圣旨,父母丢在九霄云。

孝顺人生孝顺子,忤逆人生忤逆人。
不信但看檐前水,点点滴滴不差移。

敬父如敬灵山佛,敬母如敬观世音。
你敬父母有十两,后来儿孙还一斤。

父母在世不孝敬,死后何须哭鬼魂。
千哭万哭一张纸,千拜万拜一纸灵。

灵前供品万般有,哪见亡母亲口尝。
养儿不知娘受苦,养女方知孝爹娘。

一生都是儿孙福,粉身碎骨难报恩。
奉劝世人发善心,孝顺双全敬双亲。

养儿要报父母恩,三年斋戒泣血盆。
吃斋戒得三年满,超度亡魂早超生。

伏望我佛亲指示,儿得娘亲坐血盆。
怀胎之苦说不尽,各唱几句表寸心。

二、血盆报恩歌

参拜一殿秦广王，思想亲生慈母娘。
我母怀我十个月，身受苦楚好凄凉。

儿在母腹渐渐长，行走坐卧不安康，
怀胎如担千斤担，一身痛苦苦亲娘。

日夜不安身不爽，磨得眼花面皮黄，
口吃百样无滋味，手提四两重难当。

心烦头闷不自在，纵有美味不喜尝，
一旦胎成娘更苦，时刻疼痛断肝肠。

儿在腹中如刀绞，犹如到了十殿王，
临盆之时娘更苦，口喊菩萨救命王。

思想恩情难报答，杀身难报儿的娘，
今对诸佛求解结，弥陀接引生西方。

参拜二殿楚江君，儿女要把父母尊，
诸佛如来劝世人，奉劝世人仔细听。

贵者不过黄金贵，亲者不过父母亲。
十月怀胎娘更苦，三年乳哺费心勤。

忽然离娘身生下，娘身痛苦不安宁。
春天生儿犹自可，夏天生儿如火焚。

秋天生儿温和过，冬天生儿冷冰冰。
秽污衣裳河下洗，触犯江河水府君。

打开冰冻洗裙布，十指冻来口内吞。
一岁二岁娘怀抱，三岁四岁离娘身。

五岁六岁贪玩耍，七岁八岁攻书文。
二十与他婚配了，便把父母当外人。

为人不把父母敬，枉费父母一片心。
今世得了人生做，莫忘父母养育恩。

父母不亲谁是亲？不敬父母敬谁人？
父母就是灵山佛，何必灵山拜世尊。

灵山拜佛路途远，四万八千还有零。
今夜投佛求解结，不孝父母罪消灭。

参拜宋帝第三殿，为人须当孝在先。
父母盘儿受磨难，父母时时把心担。

孩儿一岁两岁满，又愁要过痘麻关。
孩儿三岁四岁满，又愁坎边和水淹。

孩儿五岁六岁满，送入学堂读圣贤。
早晨送儿出外面，晚来望儿到门前。

晚上点起灯一盏，父母双双在堂前。
母亲接麻又纺线，父亲陪儿读圣贤。

孩儿读熟书几卷，父母两老喜连连。
有钱盘儿松和点，无钱盘儿难上难。

挣钱不怕路途远，一滴汗水挣文钱。
唯愿孩儿功名显，以后长大在人前。

好吃东西留儿点，精肉先要与儿拈。
若是哪天饭少点，先让孩儿把碗端。

父母要了心头愿，男婚女嫁办周全。
光阴飞快忙似箭，父母一年老一年。

父母年老把病染，游必有方早回还。
生前望儿行孝念，死后望儿送灵山。

临终之时才闭眼，为欠孩儿断心肝。
今夜求佛求解结，忤逆不孝罪消灭。

参拜四殿武官君，抛撒五谷罪不轻。
诸佛如来劝世人，切莫作践五谷神。

神农皇帝赐五谷，留在世间养凡民。
劝君休把五谷撒，三餐茶饭要均匀。

剩的现饭来施舍，何不施舍与穷人？
有等之人他不敬，喂养六畜他殷勤。

鸡鸭吃了不打紧，难免落下粪泥坑。
人人都说黄金贵，粮比黄金贵十分。

行路之人肚若饿，既有黄金不能吞。
古人有句常言论，先要动粮后动兵。

看来粮比黄金贵，切莫把粮来看轻。
今夜投佛求解结，抛撒五谷罪消灭。

参拜森罗第五殿，不孝之人心胆寒。
诸佛如来把人劝，为人须当孝为先。

父母恩德难尽叹，好比地阔与天宽。
十月怀胎娘辛苦，三年哺乳费心田。

母怀一月二月满，无影无形在身边。
母怀三月四月满，行不宁来坐不安。

母怀五月六月满，不想茶饭想冷酸。
母怀七月八月满，纵有美味不想沾。

母怀九月十月满，将要临盆心悬悬。
头闷眼花心缭乱，哪得安闲过一天。

儿在腹中娘挂牵，临盆生产难上难。
在家生下见了面，父母又愁又喜欢。

喜的见了娇儿面，愁的结下孽和冤。
一见犹如把宝捡，焚香叩谢保儿安。

热水洗澡准备片，洗好就与儿包缠。
日往月来忙似箭，看儿一天长一天。

无事抱儿到处转，父不抽来母就搬。
闲来哄儿把闷散，见儿发笑娘喜欢。

小儿夜多大小便，屎尿屙在娘身边。
臭得难闻娘不厌，只要孩儿长红颜。

左边湿了往右搌，右边湿了搌左边。
左右湿了无处搌，将儿抱在怀中眠。

有儿不敢大施展，不敢伸来不敢卷。
孩儿不睡把亮点，将儿哄到五更天。

趁儿熟睡早起点，轻轻起身下床前。
正在梳头来洗脸，闻儿啼哭不敢延。

母亲听见儿哭泣，急忙几步进房间。
将儿抱在胸前面，鞋袜衣帽与儿穿。

穿戴齐全又塞片，把儿背上进厨间。
吃饭正遇大小便，也要放碗抱儿揩。

打扫干净来吃饭，饭也冷了菜也寒。
又怕奶少儿哭喊，不怕钱贵买牛奶。

随娘同睡儿怀恋，枕头就是娘手腕。
一夜哪曾得合眼，睡起都把奶头含。

唯有冷天温和点，热天背儿汗不干。
想把扇子摇几扇，怕儿受风得伤寒。

思想此时泪难干，无极深恩比昊天。
今对佛前求解结，五殿阎罗赦罪愆。

参拜六殿卞程王，思想亲生慈母娘。
我母生我三早满，亲戚六眷到高堂。

邻里齐来同祝贺，杀猪宰羊六亲尝。
杀牲害命多造罪，一身罪孽我母当。

阴司造多冤和债，罪孽过多落无常。
地狱堕落轮回苦，轮回受苦是儿娘。

母亲受苦为儿女，儿女报答理应当。
若要救母轮回出，学个当初地藏王。

哪个生身无父母，哪个儿女无爹娘。
吃斋念佛当报答，杀牲难报儿的娘。

母亲堕在血湖内，望儿望女望断肠。
谁知儿女不追想，生死两断阴离阳。

目连灵山去救母，遍游十殿见冥王。
铁围撬得纷纷碎，救出慈母到西方。
是夜投佛求解结，杀牲害命罪消亡。

参拜七殿泰山君，泰山殿前吐真情。
诸佛如来劝世人，奉劝世人莫贪心。

瞒心昧己切不可，生意买卖要公平。
有等之人心肠狠，或买或卖起奸心。

用斗用秤要公平，休将斗秤去骗人。
大斗大秤来买进，小斗小秤卖与人。

明瞒暗骗心不正，要知虚空有神灵。
明瞒欠账久不算，暗骗欠久账不还。

为人不可把人骗，切莫欺心并行奸，
真药难医冤孽病，横财不富命穷人。

利己害人终害己，行善修行裕子孙。
人恶人怕天不怕，人善人欺天不欺。

阳世之间由你混，阴山难逃泰山君。
阎君把案判问定，此时拿来秤上称。

无罪之人轻四两，有罪之人重千斤。
阎君拍案如雷震，罪人吓得胆心惊。

早知阴司有报应，不该阳间欺骗人。
事到如今悔不转，哀告冥王要容情。

阎王忙把判官喊，善恶簿上要查清。
忠诚老实不受惩，六道轮回超人生。

奉劝世间男和女，瞒昧心奸不可行。
今对诸佛求解结，明瞒暗骗罪无存。

参拜八殿平顶王，咒骂天地罪难当。
天干雨少年年有，不该开口骂上苍。

水洗衣裳晒不干，不可开口骂太阳。
自古阴阳在开排，无故咒骂罪难当。

冬来莫骂时日短，春来莫骂时日长。
阴来莫骂风和雨，晴来莫骂大太阳。

骂天骂地罪头等，难逃八殿平等王。
平等大王怒千丈，拔舌地狱苦难当。

生前虽有儿和女，哪个儿女替得娘，
娘在阴司多受苦，儿女报答理应当。

丁兰刻木来奉养，黄香扇枕为亲娘。
安安送米尼庵上，卧冰行孝是王祥。

孟宗哭竹冬笋长，郭巨埋儿赐金黄。
董永卖身把父葬，天赐七姐配鸳鸯。

观音行孝不怕苦，舍下手眼救父王。
哭倒长城是孟姜，朱氏割肝医亲娘。

为人若不孝和养，枉在世间走一场。
孝顺还生孝顺子，忤逆还生忤逆郎。

不信请看檐前水，点点滴在现凹场。
奉劝世上男和女，父母恩德不可忘。

参拜九殿都市君，唆是弄非罪孽深。
是非只因多开口，损阴伤阳罪不轻。

东家得话西家送，南家得话北家行。
说得两家相争斗，不管他人死和生。

无故诬赖罪头等，乱说是非害死人。
受冤之人不顾命，投河吊颈绳一根。

冤魂渺渺阴府去，九殿王前把冤伸。
都市忙差判官问，捉拿唆是弄非人。

阎君把案来判定，造罪之人受苦刑。
奉劝世人男和女，莫搬是非来害人。

参拜十殿转转王，十恶不赦之罪样。
头来开口骂上苍，咒骂天地罪难当。

不孝父母枉娘养，白来世上走一场。
杀牛宰马把命伤，损害六畜坏心肠。

大斗小秤去较量，奸心计谋损阴阳。
明瞒暗骗久欠账，阳债转记阴账上。

教唆是非罪不轻，拔舌地狱受苦刑。
破坏他人鸳鸯罪，挖墙拆桥折阳生。

抛撒五谷罪头等，切莫作弄五谷神。
强占他人财产罪，下世做牛马还情。

高坡滚石塞断水，抬岩挑土填江心。
诸佛如来劝世人，为人忠诚莫奸心。

多积阴功少造罪，十殿转轮考罪人。
讽经礼忏赦十罪，转轮殿前解冤尊。

一解解了千年罪，二解解了万年冤。
三解刀山如粉碎，四解地狱化红莲。

五解不敬天和地，六解杀生害命冤。
七解秽污长江水，八解不孝父母亲。

九解亡人生净土，十解孝家保平安。
解了冤来就无冤，冤家从此不相缠。

解了罪来就无罪，愿入当初龙华会。
龙华会上得相逢，无上菩提心不退。

南无升天界菩萨摩诃萨。

钱财献，未敢先将火焚然。
一炉红霞光灿烂，千重瑞气烟山川。
增福寿，广无边，请佛度亡往西天。

南极丙丁开火烟，阴阳造化纸成钱。
一钱化作万文钱，众神受领乐无边。

钱财上达黄金殿，恭望慈悲降法筵。
天真地圣消则中，水哲扬贤过恩宽。

赫赫炉中火烟起，飘飘化作雪花飞。
香花童子在云中，搬运钱财入宝库。

解结圆满三世佛，诸尊菩萨摩诃莎。
摩诃般若波罗蜜，甚深般若波罗蜜。

三、散花歌

【散十二月古人】

不讲前朝并后汉，十二月花散几声。
今夜把花丧堂散，十二个月带古人。

正月花散是新春，苏秦背剑转回程。
诡计多端三国去，汉仪之中无数人。
又是一年春来到，如同枯木早逢春。

二月节来百花生，超超不种是桂英。
杨宗保来穆桂英，楚霸王来印姜兴。
自从盘古分天地，人生难免土中存。

三月节来桃花红，求官不中是文龙。
郎牙见来保赵公，微珍相来斩蛟龙。
若要救国平天下，将军挂印满堂红。

四月节来莲花开，张生用计巧安排。
崔氏女来上长街，买臣未去好卖柴。
若有取儿犯八败，不图名利面分开。

五月节未是树生，二郎庙内把香焚。
国王收他封金殿，女转男身受皇恩。
朝中有了白袍将，我主龙心得太平。

六月节来热快快，韩信追赶楚霸王。
红娘子来姜受郎，哭哭啼啼泪汪汪。
槐荫树下分别去，夫妻离散两分张。

七月节来渡银河，牛郎织女巧几多。
张四姐来崔文郎，张七姐来配董郎。
七仙桥上分别去，夫妻分散不成双。

八月节来桂花香，修栽金瓜是刘郎。
孟姜女来范喜郎，寻夫哭垮万里墙。
这对夫妻多磨难，想断肝来哭断肠。

九月节来菊花生，孟斩多承送母亲。
孟日红来高受净，芭方女来运夫君，
他在三关为长堂，心中不运救夫君。

十月节来一枝花，当初刘全取金瓜。
周文王来姜子牙，昔日孟郎去淘沙。
世上难逢今何在，二人家下在想他。

冬月节来求花红，唐世英逢姜反隆。
天仙女来亩日公，三结义来赵子龙。
百万营中救太子，救回太子在朝中。

腊月节来梅花开，孟真当初去赶斋。
梁山伯来祝英台，张七姐来不凡间。
桂阳江中分别去，你会书面我回来。
吾今说的今共古，不识古语乱行来。

【唱十二月花开】

正月散个什么花？正月散个春槁花。
白色花儿随风动，耐寒冷冻就是它。

二月散个什么花？二月散个杏子花。
杏子花开又结子，花开结子养人家。

三月散个什么花？三月散个桃子花。
寿星桃子祝高寿，蟠桃会上供仙家。

四月散个什么花？四月散个牡丹花。
牡丹花色有五种，世上花王就是它。

五月散个什么花？五月散个石榴花。
它的又名安石榴，可供观看与赏花。

六月散个什么花？六月散个荷莲花。
莲花芯内生莲子，根称为藕有节巴。

七月散个什么花？七月散个凤仙花。
品种多样色不一，故又名为紫霞花。

八月散个什么花？八月散个香桂花。
气味芬芳传千里，人间花香就数它。

九月散个什么花？九月散个秋菊花。
品种形状不一致，著名天下就是它。

十月散个什么花？十月散个芙蓉花。
清晨白色黄昏红，一日两变是此花。

冬月散个什么花？冬月散个水仙花。
水仙花瓣像灯盏，又名叫作百叶花。

腊月散个什么花？腊月散个腊梅花。
腊梅香气很浓郁，地冻天寒它不怕。

年年花开无数种，月月花谢又花开。
一十二月散完了，把话分开在堂前。
我把花文刹下音，哪位先生接花盘。

【闲唱】

各位先生好口能，散了许多好花名。
丧堂人人都用心，用心听来用耳闻。

花开花谢年年有，人人难免土中存。
百样花色在凡尘，看见花开不知名。
为人生在世间上，难免黄泉路上行。

散花童子身穿黄，丧堂有个地藏王。
地藏菩萨来接引，接引亡魂往西方。

世间的花讲不尽，四季长年有花开。
花开朝天天赐福，花开朝地地生财。

花红花白花又黄，亡人拿去往西方。
如今亡魂往西去，孝门然后大吉祥。

花开几多好花文，赤白青黄好几门。
放送亡魂头上戴，亡人戴花去超生。

各位贤兄敬几盘，丧堂花文散团圆。
今朝亡人灵山去，从今一去不转来。

你一盘来我一盘，超度亡魂往西天。
今朝亡人升天界，孝家然后得安然。

我佛驾下梵天宫，九龙吐水洗真容。
天龙落地无声响，渺渺烟去飘太空。

一盘去了一盘来，桃花开过桂花开。
桃李开过莲花起，开花容易采花难。

散花童子身穿青，丧堂有个观世音。
观音菩萨来接经，接引亡魂往西行。

九品分出上中下，世间三才天地人。
内有五行生父子，外有八卦定君臣。

地狱门前好散花，散出牛头与夜叉。
十八地狱齐开锁，赦放亡魂早回家。

昔日王子去求仙，练得丹成入九天。
去成洞中方七日，回转世上几千年。

一根丝儿下江中，未钓鱼儿先钓龙。
有缘千里来相会，无缘对面不相逢。

打盂花碗砌花台，好花移上花台栽。
手腕搭在花树上，早早洗脸望花开。

散鲜花来花又鲜，生在北京大路前。
路过君子讨花戴，鲜花落在贵人边。

春来桃花开满枝，夏天荷花满莲池。
秋来菊花遍野放，冬天梅花比雪枝。

天上种下十八粒，九股正来九股斜。
共有一千八百叶，年年结子不开花。

好奇哉来好奇哉，蟠桃树子瑶池栽。
神仙吃了能长寿，年年结子把花开。

散好花来谢好花，散朵仙花谢孝家。
月中丹树长不老，八月十八放光华。

六十甲子手中轮，算来由命不由人。
不觉很快老得早，唯有白发不让人。

散花先生不用忙，花中有个牡丹王。
花开花谢花还在，人死哪能再返阳。

【十二月叹亡】

正月里来是新春，家家户户过新春。
过年过节团圆酒，每到此时倍思亲。
想念父母不能见，想断肝肠愁煞人。

二月里来百花开，黄蜂过路采花来。
春色美景无限好，想念亲人心也酸。

思想望断天边云，千呼万唤哭不转。
昔日相处一起过，今日阴阳两分开。

三月里来是清明，生人去上死人坟。
哀哀父母今何在，生离死别好伤心。

昔日养育恩情大，父母恩情如海深。
今者把酒空奠祭，痛断肝肠唤亲人。

四月里来正当忙，全家老少种田庄。
父母昔日开田地，今看田地好心伤。

披星戴月吃尽苦，养儿育女苦爹娘。
今日离别千秋去，泪如泉涌痛肝肠。

五月里来过端阳，高粱烧酒兑雄黄。
端午佳节团圆过，如今不见爹和娘。

此时思想不见面，亲人魂魄在何方？
只有把酒空奠祭，不见亲人心悲伤。

六月里来大热天，赤日如火热炎炎。
想起爹娘肝肠断，生离死别不团圆。

想得见面难得见，除非梦中见容颜。
举目空望天边日，不见爹娘心悲哀。

七月里来秋风凉，昔日创家苦爹娘。
披星戴月尝尽苦，留家留业后世上。

为儿为女挣家业，春耕夏种秋收粮。
但愿爹娘同到老，不觉阴魂往西方。

八月中秋月亮明，照亮九州万国人。
家家团圆观月亮，月到中秋分外明。

想到父母情分上，每逢佳节倍思亲。
思念唯见天边月，千呼万唤哭亲人。

九月里来是重阳，菊花开放遍地黄。
思想亲人难得见，阴魂渺渺往西方。

花开花谢年年在，人生如同梦一场。
只有今生无再来，人死一去不返阳。

十月里来冷兮兮，雪花飘飘洒毛雨。
父母昔日向炭火，如今尸骨任风吹。

雪地冰天任冷冻，孝子怎么不伤悲？
亡人永别千秋去，呼爷叫娘更惨凄。

冬月里来是严冬，家家户户火炉红。
昔日火炉父母坐，如今不见尊颜容。

思念亲人不得见，只有梦中得相逢。
千哭万哭哭不转，凄凄惨惨过寒冬。

腊月里来满一年，家家户户过新年。
人人欢喜把年过，锣鼓火炮闹喧天。

三十夜唤吃年饭，不见爹娘把碗端。
思想此情心难过，思念爹娘心悲惨。
悲哉悲哉肝肠断，不见亲人泪涟涟。

阴风恻恻催泪下，流泪眼观流泪眼。
一去千秋成永别，年去年来亲不来，
众位亲朋试想看，说得实在不实在。

【唱孝心】

各位尊辈你请听，听我说个孝顺人，
不说远来不说近，就在我乡第一村。

父母年老多生病，珍馐美味不能吞，
他的儿媳有多顺，急忙请医来打针。

媳妇给婆把药熬，儿子端茶给母亲，
儿媳对老好得很，进出都要问一声。

只要父母病医好，一心要报养育恩，
儿孙后代多昌盛，他尽孝道远传名。

【唱粟花】

豌豆花开遍地红，好比张生玉芙蓉。
芙蓉本是红娘妆，要有莺莺把信通。

书中约定西厢会，两个雌来一个雄。
菜子开花一片黄，谢花结子进油坊。

郑恩曾把香油卖，秦钟小子卖油郎。
油郎独把花魁占，王孙公子气断肠。

胡豆花开鼓眼睛，好比尉迟敬德军。
遇着秦琼鞭换铜，后保唐王锦江山。

麦子开花夏天长，梁璟不老进科场。
考官看他老无用，老当迟中状元郎。

荞子开花似灯笼，鲁肃过府问乔公。
明日设下单刀会，要取锦州回吴东。

乔公此时回言道，云长武事也不松。
架前有个周猛将，恐怕此计一场空。

中秋佳节正堪期，月下弹琴吟古诗。
寺边不闻钟鼓响，更深方知星斗移。

多少道人游古寺，朝中宰相费心思。
几时得会桃源洞，同与神仙下盘棋。

【唱安慰】

要唱安慰大乘经，仁宗君子合掌听。
要得亡人升天界，大家来散好花文。

散花童子身穿青，手中拿本度人经。
虽然不是真罗汉，度脱亡魂往西行。

此花何年何月开，何州何县动采来。
采得花来有何用，亡人带去上天台。

昨日仙童去采花，采得花来转回家。
炼成仙丹数十粒，老人吃了像娃娃。

春宵一刻值千金，花有清香月有阴。
蝴蝶双双过墙去，黄蜂对对卧花心。

散好花来谢好花，散朵仙花谢孝家。
月中丹桂长不老，八月十五放光华。

六十甲子手中抢，算来由命不由人。
彭祖寿高八十岁，难免黄泉路上人。

散花先生不要忙，花中有个牡丹王。
花开花谢花还在，人死不见返还阳。

一根丝儿下江中，未钓鱼来先钓龙。
有缘千里来相会，无缘对面不相逢。

打破花碗彻花台，好花移在花台栽。
手巾搭在花台上，朝朝洗脸望花开。

散朵鲜花鲜又鲜，生在京城大路边。
过路君子采朵戴，仙花落在贵人边。

天上梭罗十八垭，九股正来九股斜。
共有一千八百叶，年年结果不开花。

好奇哉来好奇哉，蟠桃树子瑶池栽。
神仙吃了能长寿，千年结果一花开。

日午当空花影圆，花枝摇动凤楼前。
花神前来把花拜，夏日炎炎正好眠。

春来桃花开满枝，夏日莲花开满池。
秋来菊花离连绽，冬来梅花比雪姿。

天长月坠往西方，命尽归阴别故乡。
富贵钱财都丢下，全凭经典去生方。

全生水来归何处，莽莽昆仑在哪乡？
满门孝眷悲啼哭，堂上只见一炉香。

太阳出东又落西，人生在世也同理。
五行八字生成器，勿须妄想用心机。

千人自有千人利，一翻水过一翻鱼。
人情不可岁月比，世事犹如一局棋。

时来运转多欢喜，运去英雄也悲啼。
游闲之人朝朝乐，俘虏庸夫日日饥。

木匠之家少凳椅，养蚕之家没美衣。
贫寒门望儿孙广，富贵人家子孙稀。

伶俐光棍财不足，朦胧痴汉有钱余。
无钱君子多仁义，有志男儿少人提。

忤逆兄弟多受气，三岁孩童也归西。
许多寿高无孝子，未见愚夫有发妻。

和睦夫妻早离别，百年在世能有几。
夸文弄武要受气，争强作恶一场虚。

禹疏九河汤帝立，秦吞六国汉登基。
害人利己终无益，安分守己天不欺。

蜜蜂采花空费力，燕子含泥借屋脊。
得势狐狸威似虎，脱毛凤凰不如鸡。

万里山河少平地，一林竹木有高低。
请君但看世间礼，福禄寿喜难得齐。

休怨苍天地命短，阎王注定不差移。
都是前生自修积，丢开愁云乐欢喜。

这些都是一场梦，撒手人寰乐游西。
今夜来把花文散，超度亡魂往西极。

【送亡人】

一送老人好伤心，好似堂前一盏灯。
老人辞去不能转，灯熄何能吹得明。

二送老人好伤心，好似浓雾落草坪。
人老只怕无常到，浓雾只怕日头临。

三送老人好伤心，好似西边太阳沉。
日头落山明日转，老人此去不回程。

四送老人好伤心，好似长江水一轮。
长江后浪推前浪，世上新人替旧人。

五送老人好伤心，好似心中百草生。

百草逢春能再发，老人此去难复生。

六送老人好伤心，好似百鸟入山林。
老人跨鹤上天去，要想回程万不能。

七送老人好伤心，好似霸王去点兵。
点得八千男子去，八千男子不回程。

八送老人好伤心，阳雀声声落树林。
山上也有千年树，世上难逢百岁人。

九送老人好伤心，好似大船滩上行。
九十九滩都上了，最后一滩船要沉。

十送老人好伤心，好似园中土坎崩。
土坎崩了能修好，老人倒下不能立。

【唱劝人】

一劝金来二劝银，玉皇下旨劝凡人。
第一劝人敬天地，第二劝人敬双亲。
第三劝人敬贤士，第四劝人敬圣明。

常把一心行正道，自然天地莫相亏。
天若和来风雨顺，地若和来百草生。

君臣和来国安乐，将相和来得太平。
大路和来好跑马，江水和来船好撑。

日月和来不相克，国家和来不动兵。
父子和来家不衰，兄弟和来家不分。
夫妻和来家百顺，妯娌和来无骂声。

【唱酒词】

酒杯杯酒酒杯窝，阳雀飞来会雁鹅。
鸡仔出来怕鹰抓，小船过海怕风波。

羊在深山怕狗赶，鱼在深塘怕网拖。
秀才考试怕监考，黎民犯法怕坐牢。

贤德妻子怕夫主，仁义汉子怕老婆。
今日来到花坛内，愚人花少怕花多。

天上星子颗颗明，贤亲名声四海闻。
讲文天下要数你，讲武算你第一人。

散花只有你最狠，散尽天下挂榜人。
贤亲好比孔夫子，走遍天下好名声。

天下你算才学好，何人敢比半毫分。
愚人今天来求教，愿拜膝下当门生。

【二十四孝】

第一行孝是舜帝，南山耕田奉双亲。
二十四孝为第一，因而得做帝王身。

第二行孝是目莲，目莲救母往西方。
观音娘娘来点化，阴司救母转还阳。

第三行孝是匡胤，有忠有孝有德行。
足行千里送母亲，因孝得做帝王身。

第四行孝是王祥，母亲有病思鱼汤。
将身卧在寒冰上，天赐金丝鱼一双。

第五行孝是孟宗，忤逆之人天不佑。
孟宗哭竹生冬笋，父寿如比松柏长。

第六行孝是丁兰，丁兰刻木奉亲娘。
每日焚香敬父母，至今孝名天下扬。

第七行孝是黄香，黄香扇枕赐温凉。
冬天温被母亲睡，新物敬给母先尝。

第八行孝命不通，刘康救母孟一江。
彦贵召瞭黄氏女，我道容称天不枉。

第九行孝是曹安，曹安杀子救亲娘。
孝心感动天和地，至今孝名天下扬。

第十行孝孟姜女，丈夫去到望里城。
哭倒长城八千里，至今美名天下闻。

十一行孝蔡白皆，孝迁恩人张秀才。
若瞭穴位赵氏女，麻衣兜土堆坟来。

十二行孝姜秀才，姜氏弃妻好伤怀。
古林相会万苦难，急着安安送米来。

十三行孝王母娘，朝思夕想炼精钢。
侯氏点选王氏女，不知错杀白家娘。

十四行孝是郭巨，郭巨埋儿奉双亲。
孝心感动天和地，埋儿之人天赐金。

十五行孝董秀才，董永卖身买棺材。
卖身安葬父母亲，后与仙女配双全。

十六行孝伍子郎，买个叫花做亲娘。
他拜叫花为亲娘，后来伍子做好郎。

十七行孝孟圣人，孟作子经多少文。
孟母为儿三迁教，后来儿孙大贤能。

十八行孝窦燕山，燕山为人有义方。
五子依然来敬奉，兄弟五人好五郎。

十九行孝香九龄，寒冬温席奉娘亲。
九龄本是行孝子，孝子亲来理当行。

二十行孝贺廷名，贺廷大孝敬双亲。
母亲真心朝佛祖，正往灵山见世尊。

廿一行孝开宗君，行孝九代家不分。
上天赐下摇钱树，早落金子夜落银。

廿二行孝感天地，耍求鹿乳补娘亲。
身穿鹿皮射鹿死，求行鹿奶治母病。

廿三行孝田三郎，三兄弟人帐不分。
三嫂错杀紫荆娘，臭名万古田三人。

廿四行孝满堂红，九世同居是张公。
家中挂暸百思字，后来儿孙各富翁。

左有二十四孝子，个个行孝为上人。
哪有行孝无报答，举头三尺有神灵。

劝君早把父母敬，后代儿孙跟路行。
父母不亲谁是亲？不敬父母敬何人？

敬重父母十六两，后代儿孙还一斤。
垫高枕头细思想，切莫忘记父母恩。

小时不得爹娘养，怎能成为五尺人。
生前不把父母敬，死后何须哭鬼魂。

千哭万哭一张纸，千拜万拜一炉香。
肝肠哭断都是假，眼泪双流空自伤。

屋前溪水层层高，劝君早早孝双亲。
朝夕殷勤侍双亲，莫做世上不孝人。

【唱十二月伤心】

正月里来正月正，家家户户点红灯。
红灯高挂三五盏，不见亡人路上行。

二月里来百花开，黄蜂遍地采花来。
连夜飞来连夜采，亡人去了不回来。

三月里来是清明，活人去上死人坟。
哀叹父母今何在，怎叫儿女不伤心。

四月里来栽早秧，庄稼老二种田忙。
亡人有田种不得，真叫儿女痛心伤。

五月里来是端阳，菖蒲美酒兑雄黄。
亡命有酒吃不得，好叫儿女哭一场。

六月里来是热天，苏州女子去采莲。
连夜飞来连夜采，亡人一去不回还。

七月里来秋风凉，家家祭祀祖先堂。

一家老幼皆祭祀，不见亡人在哪方。

八月里来月亮明，照见九州万国城。
今日亡人往西去，又无影来又无形。

九月里来是重阳，重阳造酒满缸香。
家中造起重阳酒，不见亡人亲口尝。

十月里来冷兮兮，人人身上穿寒衣。
亡人有衣穿不得，真叫儿女好惨凄。

冬月里来冬月冬，家家户户火炉红。
要得亡人来向火，除非南柯梦一宗。

腊月里来了一年，锣鼓火炮闹喧天。
家家团圆吃年饭，不见亡人在哪边。
今夜来把花文散，超度亡魂往西天。

【唱出家】

昔日唐僧去出家，唐朝大王赐袈裟。
钢刀剃下青丝发，取得仙童来散花。

我佛脱下凡尘空，九龙吐水戏尊容。
天花落地天生长，渺渺烟云落太空。

【唱人事花】

太阳出东又落西，人生在世如花飞。
五行八字生成就，何须妄想去投机。

千人自有千人利，一翻水涨一翻鱼。
人寿不可岁月比，世事犹如一局棋。

时来运转心欢喜，运退英雄也悲啼。
游闲之人朝朝醉，平庸无为日日饥。

木匠之家少凳椅，养蚕之人无美衣。
贫寒人望儿女广，富贵之家子孙稀。

伶俐光棍财不足，朦胧痴汉钱有余。
无钱君子多仁义，有志男儿少人提。

忤逆兄弟常怄气，三岁孩童也归西。
许多寿高无孝子，未见愚夫有发妻。

和睦夫妻早分离，百年在世能有几。
夸文道武都是戏，争强作恶一场虚。

福禄寿喜前生定，要财子禄心是虚。
这些都是一场梦，丢开愁云乐悠西。
今夜来把花文散，超度亡魂早往西。

【杂唱】

人人散花我散了，大家细听我说了。
世人都说神仙好，唯有功名忘不了。

古今将相在何方，荒冢一堆人没了。
世人都说神仙好，只有金银忘不了。

终朝只恨积无多，积到多时眼闭了。
世人都说神仙好，只有娇妻忘不了。

君在日日说恩情，君死又随人去了。
世人都说神仙好，只有儿孙忘不了。

痴心父母古来多，孝顺儿孙谁见了。
花文不尽花又春，如有花散又请君。
今夜来把花文散，超度亡魂升天庭。

【唱孝家】

散花文来散鲜花，摘朵鲜花谢孝家。
谢个一去二三里，谢个烟村四五家。
谢个亭台六七座，谢个八九十枝花。

谢朵鲜花有用处，赶紧拿去门边插。
财也进来喜也进，人也发来家也发。
从此亡者归西去，家门清泰实可夸。

散鲜花来散花文，摘朵鲜花答孝门。
日日采进千金宝，时时采进万里银。

东边进财西进宝，人财高上喜盈门。
百事顺遂多如意，欲如平地起青云，
亡者归西了过后，孝家然后发满门。

散鲜花来散花文，摘朵鲜花答家门。
前门谢棵摇钱树，后门谢个聚宝盆。

摇钱树来聚宝盆，早落黄金夜落银。
三朝两日不去捡，碗大珍珠塞后门。

散鲜花来散花文，摘朵鲜花答孝门。
谢个五男儿和女，七子团圆送上门。

老者加福又添寿，少者添子又发孙。
男儿七岁官星现，女儿七岁受皇恩，

就有两朵不谢你，留做车前马后人。
一留长命并富贵，二留盘缠转回身。
从此把花散过后，增福增寿坐清平。

【收花】

花收东方佛，花收东方佛。
收花东方阿閦佛，阿閦尊佛哀纳受。

花收南方佛，花收南方佛。
收花南方宝胜佛，宝胜尊佛哀纳受。

花收西方佛，花收西方佛。
收花西方弥陀佛，弥陀尊佛哀纳受。

花收北方佛，花收北方佛。
收花北方成就佛，成就尊佛哀纳受。

花收中央佛，花收中央佛。
收花中央毘卢佛，毘卢尊佛哀纳受。

散花钱财献，未敢先将火焚然。
一炉红霞光灿烂，千重瑞气烟山川。
增福寿，广无边，散花度亡往西天。

南极丙丁开火烟，阴阳造化纸成钱。
一钱化作万文钱，众神受领乐无边。

钱财上达黄金殿，恭望慈悲降法筵。
天真地圣消则中，水哲扬贤过恩宽。

赫赫炉中火烟起，飘飘化作雪花飞。
香花童子在云中，搬运钱财入宝库。

四、招亡歌

若人有了智，三世一切佛。
应观法戒心，一切由心造。
唵伽罗啼耶娑婆诃。

茫茫地狱门牢锁，千重铁网关。
闻诵妙真言，门开关锁自然落。
唵引三满多母陀喃，伽罗啼耶娑婆诃。

弥陀童子撞金钟，连接数声地狱空。
阎罗天子得成佛，一切亡魂离地狱。
唵引啥咛摩诃啥咛，伽罗啼耶娑婆诃。

唯帝可仰黄金相，调御能仁有摩生。
山佛玉佩响叮当，接引亡魂宝楼台。
唵引啥咛摩诃啥咛，伽罗啼耶娑婆诃。

中央七金仙，冥冥黑暗狱。
我佛放毫光，亡魂得出狱。
唵伽罗啼耶娑婆诃。

一舍八重大地狱，八万四千小铁围。
牛头狱卒舍慈悲，放出亡魂来赴会。
唵伽罗啼耶娑婆诃。

观音势至亲来引，声闻罗汉总来迎。
须臾一念娑婆诃，到此花开亲见佛。
唵伽罗啼耶娑婆诃。

以此金铃声招请，亡魂不昧远遥闻。
仗凭三宝妙真言，此刻今时来赴会。

唵引咘啼哩伽哩哆哩呾哆哩耶娑婆诃。
亡魂速急降来临。

谨焚真香，虔诚招请。
冥途杳杳，泉路茫茫。
三魂渺渺归何处，七魄茫茫在哪乡。
仗凭五方五帝，五灵童子。
手执五色，莲花宝幡，
下赴门栏，接引当资亡者某某某。
三魂七魄，七魄三魂，
来赴灵筵，请上花幡香招请。

恭闻——
椿龄赍富，槐国常游。
花开花谢年年在，人生何曾又再留。
承佛宝毫光，初上明香，初声招请。
皇坛正度，亡者某某某真性第一形魂。

唯愿——
仗六合音伸招请，凭三宝力远遥闻。
下赴门栏，上斯花幡香招请。

恭闻——
冥阳阻隔，道路难通。
仗凭秘语以追持，承此良因而脱化。
仰法宝毫光，二上明香，二声招请。
皇坛正度，亡者某某某真性第三形魂。
唯愿——
双手拨开生死路，翻身跳出鬼门关。
下赴门栏，上斯花幡香招请。

恭闻——
山河依旧，生死无常。

枯木逢春又再发，哪有人死不偿命。
仗僧宝毫光，三上明香，三声招请。
皇坛正度，亡者某某某真性第二形魂。
唯愿——
三沐三熏三招请，三行四步已来临。
下赴门栏，上斯花幡香招请。

再运真香，一心奉请。
本年本月，今日今时。
地道差来，收押亡魂。
来去使者，本县城隍。
村司土地，左社右稷。
一切神祇，引领受度。
亡者某某，一位魂下。
真魂正魄，来赴门栏，上斯花幡香招请。

谨焚真香，初声招请。
恭闻——
性天朗闻，心地陈情。
清释污浊之流，永隔泉乡之路道。
以今奉佛修因果，追宗奠祖方陈情。
孝门后发，即日情中。
备念本音，某氏堂上，历代祖先。
上至高尊祖考，下至玄远宗亲。
前亡后化，老少男女一派灵魂。
唯愿——
去是前前后后去，今时招请一同来。
下赴门栏，同声超度香招请。
亡魂不昧愿来临。

【唱茶】

伏望神慈哀纳受。

茶奉献，供养诸圣贤。
食果今将茶奉献，齐来奉献众高尊。
茶奉献，唯愿高尊哀纳受。

此茶不是非凡茶，露水煎来龙凤芽。
拜请圣贤无果供，殷勤献着一杯茶。
茶奉献，唯愿神慈哀纳受。

此茶原来有根深，三藏西天去取经。
袈裟兜带得一籽，来年栽种到如今。
茶奉献，唯愿神慈哀纳受。

此茶不比人间茶，阳雀未叫先发芽。
左边现出灵芝草，右边现出牡丹花。
茶奉献，唯愿神慈哀纳受。
我今招请到东方，列威仰神降来临。
烧化钱财敬奉你，开辟东方接亡魂。

烧化钱财到东方，接引亡魂到灵堂。
吽吽唵伽罗啼耶娑婆诃。

我今招请到南方，赤标恕神降来临。
烧化钱财敬奉你，开辟南方接亡魂。

烧化钱财到南方，接引亡魂到灵堂。
吽吽唵伽罗啼耶娑婆诃。

我今招请到西方，白超巨神降来临。
烧化钱财敬奉你，开辟西方接亡魂。

烧化钱财到西方，接引亡魂到灵堂。
吽吽唵伽罗啼耶娑婆诃。

我今招请到北方，寒楚仰神降来临。
烧化钱财敬奉你，开辟北方接亡魂。

烧化钱财到北方，接引亡魂到灵堂。
吽吽唵伽罗啼耶娑婆诃。

我今招请到中央，叶光巨神降来临。
烧化钱财敬奉你，开辟中央接亡魂。

烧化钱财到中央，接引亡魂到灵堂。
吽吽唵伽罗啼耶娑婆诃。

阴灵阴魂，入我花幡。
北斗灵皇降初伸，符开幽关。
弟子亲摄招灵魂，即上花幡。
亡魂不昧愿来临。

大乘招摄亡魂亡菩萨。

三十六万亿，化身弥陀佛。
一十一万，报身弥陀佛。
九千五百，道师弥陀佛。
同名同号，接引弥陀佛。
接引亡魂，速上花幡。
南无引魂引路王菩萨摩诃萨。

一句弥陀号法王，碧波浪里作慈航，
四十八愿宏誓愿，超度亡魂往西方。

观音势至亲接引，声闻罗汉书来迎，
须臾一念娑婆诃，到此花开亲见佛。

【叹亡赞】

亡者来至杨柳桥头，有妙言赞叹。

盖闻，花无久鲜，多少日月不长明。

任你堆金积玉，难买长生人不死。

昔日桃胡，三万六千岁，后也难免入黄泉。

果老二万七千春，终归极乐。

彭祖八百，由来不满一千。

颜回二八身亡，一旦终归泉路。

唯有生死难免，或兼长短不同。

贤愚贵贱，须史成败。

孔子乃天下文章之祖，尚遭困危之苦。

释迦佛，丈六金身，犹入涅槃之内。

无数英雄豪杰，人人沉殁。

天下好汉，个个湮灭。

黄泉路上，往往来来。

泰山门前，出出进进。

石崇多富贵，泛舟受贫。

兴衰原无定，张良柱会说。

秦王筑长城，都为泉下客。

尧帝舜帝梁武帝，哪个帝王坐百岁。

真宗高宗及宪宗，到头都是一场空。

孔子曾子与孟子，哪个长生人不死。

秦王楚王与汉王，总抛白骨葬山岗。

飞禽哪有千年寿，人生难免见无常。

空碌碌，两茫茫。

浮生空计较，百事忧心肠。

一声接引号，魂魄尽凄凉。

桥之东，河水流淌响叮咚。

桥之南，亡人思想去阳间。

桥之西，水光照彻宝琉璃。

桥之北，两岸漆黑无日月。

桥之上，仰望天堂高万丈。

桥之下，俯视奈何神鬼怕。

亡者汇至杨柳桥头，做个伶伶俐俐之人，有缘有分之鬼。

亡者一步随一步，步步相随。

低看眉毛高看眼，此舟过后再无船。

今夜亡魂过此桥，犹如玉郎上九霄。

自古有缘皆得度，西方路上好逍遥。

大乘法桥广度王菩萨。

三十六万亿化身弥陀佛，一十一万报生弥陀佛。

九千五百导师弥陀佛，同名同号，接引弥陀佛。

步上金桥，阵阵香风起，金槛门栏，掩映半空里。

地布金砖，桥样峨眉式，玉女仙童，引上金桥路。

稳着身心，一步高一步，休恋家乡，只顾前程路。

口念弥陀，自有天龙护，喜笑呵呵，么把寻常视。

观音菩萨，救度众生苦，还有因缘，亡魂皆得渡。

解脱门开，飞身无退步，仔细思量，正是修行路。

举目桥头，放起无量光，合掌皈依，瞻礼黄金像。

凭仗佛力，超脱三途上，再得人生，世世常瞻仰。

莫怪三宝，苦口来相劝，五帝三皇，英雄都不见。

石火电光，与君同一伐，早念弥陀，免见阎罗面。

阎罗大王，问你无多端，合掌当胸，有口难分辩。

鬼使判官，忙把部来看，业镜台前，照出冤家现。

地狱门开，无权不经过，万苦千辛，欲躲真难躲。

身上衣衫，尽数都挂破，打点长枷，紧把咽喉锁。

正月初旬，人人添一岁，提起银灯，照彻天合地。
六道轮回，个个难躲避，投佛慈悲，早登西方路。

诸佛菩萨，哀怜浮生者，接引亡魂，得到金桥上。
文武官僚，合掌齐皈向，超度亡魂，同赴莲池会。

奈何桥上，不敢看桥下，无数罪人，受苦真果怕。
铁钩铜蛇，逐对来欺诈，玉女仙童，宝幡相迎迓。

阿弥陀佛，毫光时常放，观见众生，苦海常飘荡。
奈何桥头，撑船翻波浪，愿度亡魂，早升天堂上。

过了金桥，来到皇坛下，合掌皈依，礼拜佛菩萨。
诸佛菩萨，自是慈悲大，救度亡魂，苦海现莲花。

法桥直至宝坛前，双桥踏桥听佛宣。
双桥踏往桥上过，荐拔亡魂往西天。

般若波罗经自在，普劝良言大众听。
劝君早把弥陀念，观音不踏地狱门。

亡魂出了地狱门，看见家中泪纷纷。
来到桥头礼上圣，诸亲六眷尽伤情。

天上日月有亏圆，人生能有几十年。
但愿寿延曾百岁，不幸一梦赴黄泉。

亡魂参礼，代亡参礼。
参礼千花台上。
诸佛菩萨，六通罗汉。
灵山三宝，八位慈尊。
十方三宝，诸佛菩萨。
获法天龙，大权真宰。

罗汉诸天，屋边圣众。
天地水阳，四京上圣。
道场会上，无边圣众。
家堂香火，三教佛圣。
瑞金佛教，应供祖师。
西来东土，历代祖师。
光临道场，普作皆礼。

亡魂所造诸恶业，皆由无事贪嗔业。
从身语意之所生，世世常行菩萨道。

钱财献，未敢先将火焚然。
一炉红霞光灿烂，千重瑞气烟山川。
增福寿，广无边，参礼度亡往西天。

南极丙丁开火烟，阴阳造化纸成钱。
一钱化作万文钱，众神受领乐无边。

钱财上达黄金殿，恭望慈悲降法筵。
天真地圣消则中，水哲扬贤过恩宽。

赫赫炉中火烟起，飘飘化作雪花飞。
香花童子在云中，搬运钱财入宝库。

愿以此功德，普及于一切。
参礼度亡魂，往生极乐国。

皈命十方一切佛，诸尊菩萨摩诃莎。
摩诃般若波罗蜜，甚深般若波罗蜜。

五、叹亡歌

生老病死苦难当，酸辛百味须自尝。
为人哪有千日好，劳苦病累过时光。

生身父母恩难报，儿女行孝是本行。
一尺五寸娘生下，父母苦劳来抚养。

好不容易得成人，指望百年孝爹娘。
谁知今日无常到，只有洒泪哭断肠。
谁知今日无常到，只有洒泪哭断肠。

老来白发似银丝，头昏眼花白了头。
腰弯背驼难走动，动时拐棍不离手。

人到老来人无用，凡事老来多不值。
人老恰似风前烛，阎君哪肯把人留。
人老恰似风前烛，阎君哪肯把人留。

病字临体倒在床，浑身苦楚实难当。
不怕你是英雄汉，病字到头都慌张。

一身骨肉耗散尽，磨得眼花面皮黄。
提起病字人人怕，大限来时就无常。
提起病字人人怕，大限来时就无常。

死字到头不自由，满堂儿女泪双流。
一世辛苦争家计，临终空手独自游。

丢下心肝儿和女，阎君不肯顺人留。
永别千言吞忍下，悲号哀啼不干休。
永别千言吞忍下，悲号哀啼不干休。

人生争功名，何时了因。
一成一败过光阴。
成功之时容易过，败退之时愁煞人。

悔恨当初该莫为，事到临头悔恨深。
无常到来万事罢，空留名利与人争。
无常到来万事罢，空留名利与人争。

富贵苦相争，钱米取不尽。
千年田地八百主，河东河西岂由人。

黄白钱财风吹过，财多伤己惹祸根。
若有金银堆北斗，难买长生不死人。

大限临头空手去，黄泉不受半毫分。
大限临头空手去，黄泉不受半毫分。

劝君去修行，看破红尘。
功名富贵空相争，到头空手去。

哪见功与名，不如修斋去念佛。
免得再生烦恼心。

解脱解脱真解脱，不生不灭把天升。
解脱解脱真解脱，不生不灭把天升。

叹亡魂，
不幸一旦赴黄粱，大限临头难躲藏。
六亲孙儿忍别下，含悲吞泪见阎王。
六亲孙儿忍别下，含悲吞泪见阎王。

叹亡魂，
不幸一旦赴冥津，冥津升天路上行。

万贯家财抛丢下，空着双手见阎君。
万贯家财抛丢下，空着双手见阎君。

叹个日色惨惨，暮色苍苍。
骨肉深恩长离别，父(母)子深情两分张。
骨肉深恩长离别，父(母)子深情两分张。

叹当初，养育身，父母恩情如海深。
十月怀胎娘辛苦，三年乳哺母殷勤。
四两幼儿抚养大，好不容易得成人。
叹什么，叹过幼年不久长，光阴似箭不容情。
光阴似箭不容情。

叹少年，苦爹娘，不知天高与地长。
犹如父母心肝肺，骑竹当马度时光。
叹什么，叹个少年不久长，光阴似箭催人忙。
光阴似箭催人忙。

少年过，青年壮，人到青春好时光。
贪花爱柳容易过，凡事壮强气血刚。
飘乳如风度日月，不觉转眼面皮黄。
叹什么，叹过好景不久长，光阴似箭催人忙。
光阴似箭催人忙。

青年过，中年到，成家立业多操劳。
日夜思想千般计，田地业产苦力劳。
受尽奔波劳碌苦，不觉转眼人又老。
叹什么，叹个中年不久长，光阴似箭催人忙。
光阴似箭催人忙。

中年过，老年到，耳聋背驼又弯腰。
劳碌奔波苦一世，头昏眼花心烦躁。
四肢无力难走动，枯木老朽根动摇。

叹什么，叹个人生不久长，光阴似箭摧人老，
光阴似箭催人老。

老年过，无常到，死字取人无老少。
一生在世如梦过，功名富贵枉徒劳。
草木春秋自转发，人生哪及山中草。
丢下骨肉吞声去，亲属儿女谁可靠。
叹什么，人生一世不久长。
大限临头难躲逃。

叹春天，是景好，桃红柳绿几度巧。
杨柳年年叫杜鹃，燕子含泥梁上绕。
竹木花草春又发，万紫千红多妖娆。
叹什么，叹个春天不久长。
光阴似箭催人老。

春已过，夏又到，烈日炎炎似火烧。
农夫心内如汤煮，公子王孙把扇摇。
只有六月天色大，美女闺房绣花草。
绣什么，绣个夏天不久长。
光阴似箭催人老。

夏已过，秋又到，万物枯黄枝叶老。
满山遍野黄金浪，五谷归仓防冬到。
叹什么，叹个秋天不久长。
光阴似箭催人老。

秋已过，冬又到，万里山河雪花飘。
北风吹断枯朽木，万物枯朽受苦熬。
富贵的人衣食饱，贫穷下贱受烦恼。
叹什么，叹个四季不久长。
光阴似箭催人老。

叹亡魂，于三魂，倒在牙床不起身。
神药解救全无效，一身病重分分沉。

一日三来三日九，病重不减半毫分。
无常到来多苦难，阎君取命不容情。

有气之日知亲故，死后哪知是谁人。
过了千百年之后，荒山土上坟堆坟。

风吹摇动坟上草，土堆乱石哪知情。
叹什么，叹个人生如梦过。
到头还是空自行。

叹亡魂，可知晓，你在阳世多久了。
功名富贵眼前过，一生一世如风飘。

人生犹如一场梦，无常到来不可逃。
亲生骨肉两分离，妻子儿女丢下了。
丢什么，丢个人生不久长，
一去不回在今朝。

叹亡魂，悲哀哀，倒床不能把身翻。
一日三来三日九，良药不能把病解。

一日不吃阳间饭，二日上了望乡台。
望乡台，望乡台，望见儿女哭哀哀。
一别永去千秋客，从今一去不回转。

而今哀叹亡，情实可伤。
不由人子泪汪汪，三呼床头惊不应。
抛儿别女入泉乡，入泉乡，入泉乡。
六亲骨肉空悲伤。

而今叹南柯，情实如梭。

不由人子泪滂沱。

今日灵前空啼号，悲声未断痛如何。

痛如何，痛如何，披肝泣血泪恨多。

而今叹惆怅，情实可忧。

千辛万苦岂不知，劳碌奔波苦一世。

岂不知，岂不知，只有双双泪空流。

膝下失依依，痛别严父（慈母）已归西。

今宵永做千秋客，空遗血泪洒麻衣。

自幼生无一时离，背扶坐卧全靠依。

哪知今日空洒泪，难舍牵衣别时泣。

人生难满百，常怀千岁忧。

亡者勤劳一旦休。

死者虽云去，生者日夜愁。

从今一别永不返，唯有涕泪双目流。

烧化钱财焚宝香，拜别家堂往西方。

丢下满堂儿和女，要得相会梦一场。

生死轮回哪个逃，辛苦一世空徒劳。

人生一世如梦过，枉走人间这一遭。

人生一世如梦过，枉走人间这一遭。

再运升天宝香，当堂招请。

招请新故亡者，某某某一位魂下。

一魂二魂三魂七魄 七魄三魂。

双手拨开生死路，反身跳出鬼门关。

三沐三熏三招请，一行一步一来临。

降赴灵筵，受今荐祭香招请。

一滴清凉水，遍洒亡魂身。
耳目得聪慧，咽喉得开通。
唵步步谛哩伽哩哆哩吅哆哩耶娑婆诃。

再将法水洒亡魂，耳目聪慧得清明。
人间饮食得享用，佛光接引往西行。
南无苏鲁钵罗苏鲁娑婆诃。

初奠酒，一去永无踪。
何日相逢？除非纸上画真容。
要得相见不得见，梦里相逢。

初奠酒，奠亡魂，唯愿亡者降来临。
降来临，手持金杯把酒饮。
弥陀佛光来接引，接引亡魂往西行。

二奠酒，彭祖寿年长。
今白在何方？颜回二十四八少年亡。
三皇并五帝，难免无常。

二奠酒，奠新亡，唯愿新亡降丧堂。
降丧堂，手拿金杯把酒尝。
观音菩萨来接引，接引亡魂往西方。

三奠酒，瓜子土中埋。
长出苗儿来，青枝柳叶把花开。
花儿受尽千般苦，苦去甜来。

三奠酒，奠亡仙，唯愿亡仙降灵前。
降灵前，手持金杯把酒含。
地藏菩萨来接引，接引亡魂往西天。

三杯三奠，有灵有感。

亡魂生净土，同证佛菩提。

亡者酒后听我言，听我今来说真情。
贵者不过黄金贵，亲者不过父母亲。

父母不亲是谁亲，不孝父母孝谁人。
十月怀胎娘辛苦，三年乳哺母殷勤。

一尺五寸娘生下，娘奔死来儿奔生。
父母恩情比天大，父母恩情如海深。

冬寻衣棉儿穿戴，夏避炎热找凉阴。
秋收收粮洒热汗，春破冰雪去深耕。

披星戴月尝尽苦，不为儿孙为谁人？
劳碌奔波持家业，千辛万苦为儿孙。
而今永别千秋去，生死离别从此分。

有气之日知亲故，死后哪知是谁人。
但过千百年之后，荒山土上坟堆坟。
风吹摇动坟上草，土堆乱石也伤心。

奉劝亡者宽心去，生死自古有注定。
阎王注定三更死，决不留人到五更。

阎王取人无老少，富贵贫贱也要行。
天地山河千古在，人生能有几十春？

花开花谢年年有，日月如梭催老人。
彭祖少年八百岁，难免黄泉路上行。
不如宽心且自在，逍遥快乐上天庭。

献酒又献食，奉劝亡者领在手。

亡者领食归西去，孝门然后发千秋。

献酒食来又献馔，奉劝亡者把手端。
亡者把馔领过后，逍遥快乐往西天。

献酒献食加献烟，香烟渺渺敬亡灵。
亡魂把烟领过后，孝家然后大发兴。

献酒献食加献茶，酒食过后把茶饮。
亡者把茶饮过后，随佛超度往西行。

献食献茶加献箔，会会发燃奉亡者。
亡者途中得受用，金童引往极乐国。

三杯美酒已用完，用将红火化纸钱。
且问亡者何处用，西方路上做盘缠。

来也忙是去也忙，金童玉女一双双。
金童玉女来接引，接引亡魂往西方。

国开菀灼在西方，号作中天净饭王。
妙相端严周沙界，神通大放玉毫光。

来也仙是去也仙，金童玉女排两边。
金童玉女来接引，接引亡魂往西天。

阎浮作瑞新路染，慈波罗花体子香。
灼大昌生归仰久，茫茫苦海作慈航。

来也空是去也空，来来往往在空中。
来是左脚盘胎路，去往逍遥极乐宫。

六十甲子急如风，不知南北与西东。

秋旦日月如火速，花开能有几年红。

西方菩萨妙难论，手中拿本度亡经。
不度朝中官宰相，单度亡魂往西行。

大河浪里一只船，将来挽在亡魂边。
亡魂有缘皆得渡，不渡无缘渡有缘。

南无度亡师菩萨摩诃莎。
南无升天界菩萨摩诃莎。

逍遥快乐上天庭。

六、丧堂哀歌

【十二时辰思亡人】

古人前朝通不知，且唱一十二时辰。
世间若无十二星，百般之事做不成。

也有君臣并宰相，也有大小高低人。
也有长寿并岁短，也有富贵也有贫。
五行八字命生定，生来由命不由人。

十二地支十二字，子午卯酉正乾坤。
寅申巳亥四为正，辰戌丑未为孤晨。
十二地支普天用，依古流传到如今。

子时为鼠正三更，唐僧西天去取经。
白马驮经归南海，东土世上好度人。

丑时属牛四更当，太公也做钓鱼郎。
水边直钩把来放，渭水江边遇文王。

寅时属虎天未光，七姐不怕配董郎。
槐荫树下分别去，夫妻分散不成双。

卯时属兔天刚亮，皈依修身任仇娘。
女转男身作川府，认父认母认家堂。

辰时属龙日头红，孟真得中状元公。
千金小姐辞海去，富贵荣华重上重。

巳时属蛇快中天，山伯英台同学眠。
桂阳江边分别去，尔同书院吾会来。

午时属马正日中，霸王收军走如风。
争得江山汉高祖，韩信张良一旦空。

未时属羊日正偏，行孝古人是目连。
目连念经救母苦，走到灵山得佛传。

申时属猴日落西，西郎桃土筑城围。
范郎死在城墙内，苦了妻子孟姜女。

酉时属鸡灯火明，苏秦六国走六京。
封为六国都宰相，满门荣贵受皇恩。

戌时属犬起初更，前朝军师刘伯温。
辅佐洪武登龙位，千古万世留英名。

亥时属猪二更天，三娘推磨受熬煎。
杜老送子内州去，夫妻依然得团圆。

十二时辰散完了，孝家然后大吉祥。
大男小女无灾难，满门人等都安康。

家下清吉人口旺，贵得久来富得长。
此花将来丧堂散，超度亡魂往西方。

旋去旋来脚又酸，唱去唱来口又干。
解衣脱帽歇歇气，吃杯茶来抽根烟。

【接唱】

你一轮来我一轮，粗言接住妙言音。
来往丧堂哀歌唱，画眉接得凤凰音。

女子并非散得好，日月双排听得明。
八字骑刀分开散，是人听见都称心。

昨夜梦见龙行雨，今夜得会老先生。
闻听先生散得好，才六口顺是真情。

同你先生散一会，胜如读了十年文。
横来顺去散得好，顺口流传本当真。

肚中有量聪明大，言辞超过读书人。
你面高能才能大，老面呆子老西人。

王字点头你为主，丘字骑八我为兵，
一字连天能有大，夕字相逢多才能。

我家贫穷欠了读，总总不进学堂门。
看见学堂把做庙，看见先生怕是神。

泰山顶上看不到，花花绿绿认不明。

丧堂又把花来散，答言不上老老生。

一盘不了二盘来，又散花文又让才。
这种不了那种散，门门路路名通全。

头戴白巾三更天，手攀花树泪涟涟。
想起亡人肝肠断，阴阳两隔两分开。

花开花谢年年有，人人难免土中埋。
今生今世同相处，大家同到世上来。
有缘修得同堂坐，无缘不亲坐团圆。

【唱名花】

有花不散心不宽，我把花文表一番。
梅花原来素打扮，兰花生来手指尖。

桃花淡把口红点，李花白得似粉团。
转针连花团团转，十姊妹花爱好玩。

芙蓉花儿笑满面，合欢花儿夜不眠。
海棠花儿真好看，芍药花儿颜色鲜。

山茶花儿口红染，石榴花儿似火燃。
夜来香花香得远，紫荆花儿笑开颜。

鱼子兰花起串串，鸡冠花儿起卷卷。
玉簪花儿生得扁，金钱花儿生得圆。

羊头莲花脸对脸，向日葵花偏又偏。
阳雀花儿不叫唤，水仙花儿下凡间。
今晚陪亡把花散，超度亡人往西天。

天上日月两悠悠，地上长江昼夜流。
人生在世不长久，看着年轻白了头。

纵有黄金堆北斗，事到头来不自由。
今晚把花散几首，超度亡人往西游。

锣鼓打得闹沉沉，惊动天门土地神。
天门土地来看问，敲锣打鼓陪亡人。

一来不是在唱戏，二来不是在耍灯。
我今开言把话论，各位哥师听原因。

只因我们无学问，散花拿本赛黄金。
东拉西扯不好听，下面还有我先生。
大家都为亲朋面，陪伴亡人到五更。

【唱八仙】

一幅画图是八仙，一个仙女七个男。
湘子骑鹤云端站，采和手里提花篮。

洞宾身上背宝剑，仙姑现出小金莲，
国舅手执云阳板，国老骑驴颠倒颠。

钟离手拿鹅毛扇，拐李独脚走上前，
今晚陪亡把花散，超度亡人往西天。

【唱仙花】

不唱花来犹自可，唱起花来有根源。
昨日我从花园过，采花童子对我言。

他说莲花是君子，他说海棠是神仙。

他说牡丹是小姐，他说梅花是丫鬟。

他说状元红起脸，他说姊妹好喜欢。
他说兰花贵重花，他说菊花爱峦间。

他说李花爱打扮，他说桃花美容颜。
他说杏花心不善，他说桐花不怕寒。

他说金银花豪富，他说玉簪花有钱。
他说紫荆花灵气，他说水仙花下凡。

他说栀子花年少，他说梨子花爱玩。
他说菜籽花黄瘦，他说胡豆花眼凡。

他说鸡冠花脸偏，他说绣球花脸圆。
他说喜鹊花眼鼓，他说阳雀花嘴尖。

花多一时说不完，句句说的是真言。
童子说罢人不见，霎时乌云冲上天。

此事古今是稀罕，采花童子是神仙。
今晚我把花文散，都是仙师把道传。

七、破狱歌

【破东方】

若人有了智，三世一切佛。
应观法界性，一切由心造。
唵伽罗啼耶娑婆诃。

东方界，罪灭在亡魂。

礼请东方佛世界，开狱府，东方化作青莲台。
亡魂如在三途苦，仙童接引上金阶。
金阶上，上金阶。阿閦佛来朝拜礼如来。

孝信棺角低头拜，东方狱主听赞扬。
亡魂若在东方狱，仙童接引上神幡。

南无一心奉请：
东方青衣青会某童子，手持青锡青宝盖。
绕绕下赴棺角，
接引新故亡者，某某某一位魂下，
一魂二魂三魂七魄，七魄三魂。
上送三十三天界，下离一十八重地狱门。
跟随东方阿閦佛，东方冥路大开通。

开开东方狱，阎王侧耳听。
判官把簿罪消灭，马面牛头开枷锁，
赦放亡魂早超生。

毫光照破铁围城，赦放亡魂早超生。
南无破狱官菩萨摩诃莎。
南无出苦沦菩萨摩诃莎。

我今散花到东方，散朵莲花满池塘。
七姊妹来一花园，豇豆花开一双双。

串兰花开把头抬，与我摘朵牡丹来。
叶子花片一片白，栀子花开白如雪。

诸般花儿散不尽，二十八宿与昆阳。
说起二十八宿星，安下四个管东门。

要问四人名和姓，从头一二说分明。

角木蛟、斗木獬、奎木狼、井目犴。

他们四个木德星，他在东方管东门。
救苦六尊来接引，开方破狱荐祭魂。
赦小过，举贤才，东方狱门我散开。

【破南方】

茫茫地狱门牢锁，千重铁网关。
闻诵妙真言，门开关锁自然脱。
唵伽罗啼耶娑婆诃。

南方界，罪灭在亡魂。
礼请南方佛世界，开狱府，南方化作赤莲台。
亡魂如在三途苦，仙童接引上金阶。
金阶上，上金阶。宝胜佛来朝拜礼如来。

孝信棺角低头拜，南方狱主听赞扬。
亡魂若在南方狱，仙童接引上神幡。

南无一心奉请：
南方赤衣赤会赤童子，手持赤锡赤宝盖。
绕绕下赴棺角，
接引新故亡者，某某某一位魂下。
一魂二魂三魂七魄，七魄三魂。
上送三十三天界，下离一十八重地狱门。
跟随南方宝胜佛，南方冥路大开通。

开开南方狱，阎王侧耳听。
判官把簿罪消灭，马面牛头开枷锁，
赦放亡魂早超生。

毫光照破铁围城，赦放亡魂早超生。

南无破狱官菩萨摩诃莎。
南无出苦沦菩萨摩诃莎。

哪个又来散南门，好贤师父快请进。
已经散花到东方，大家心里莫慌张。
后面还有好听的，且听我来散南方。

说起南方二重门，乌鸦引入凤凰城。
岩鹰不啄窝下食，好鬼不害自家人。

斑鸠叫，咕咕咕，野鸡展翅满山坡。
凤凰二个都占强，鸳鸯对对闹长江。

黄巴孙儿身穿黄，看庄牵着打鱼郎。
阳雀叫，咽咽阳，燕子含泥到南方。

我今散花到南门，不觉碰到四个人。
我在当时忙下拜，便问穿红是何人。

赤衣童子忙取信，他是南方火德星。
觜火猴、翼火蛇，室火猪、尾火虎。

他们四个火德星，镇守南方四座城。
安定四人南方坐，赦放亡魂早超生。
亡魂出离地狱苦，唪经超度往西行。

【破西方】

弥陀童子撞金钟，连撞数声地狱空。
阎罗天子得成佛，一切亡魂离地狱。
唵伽罗啼耶娑婆诃。

西方界，罪灭在亡魂。

礼请西方佛世界，开狱府，西方化作白莲台。
亡魂如在三途苦，仙童接引上金阶。
金阶上，上金阶。弥陀佛来朝拜礼如来。

孝信棺角低头拜，西方狱主听赞扬。
亡魂若在西方狱，仙童接引上神幡。

南无一心奉请：
西方白衣白会白童子，手持白锡白宝盖。
绕绕下赴棺角，
接引新故亡者，某某某一位魂下。
一魂二魂三魂七魄，七魄三魂。
上送三十三天界，下离一十八重地狱门。
跟随西方弥陀佛，西方冥路大开通。

开开西方狱，阎王侧耳听。
判官把薄罪消灭，马面牛头开枷锁，
赦放亡魂早超生。

毫光照破铁围城，赦放亡魂早超生。
南无破狱官菩萨摩诃莎。
南无出苦沦菩萨摩诃莎。

师父叫我散西门，各提几句古人名。
自古良言说得好，几句常言道得真。

独木自古不成林，独虎从来不成群。
一个巴掌拍不响，一个搞水水不浑。

花文一共散几首，自古人多火焰青。
休争你强并我弱，为人莫用两样心。

朋友交方而有信，知心话儿谈不尽。

讽诵如来破西门，西方四个金德星。

亢金龙、娄金狗，牛金牛、鬼金羊。
安排四人西方坐，镇守西方四座城。

金德星来我散开，那位师父请进来。
赦小过，奉贤才，徒弟散了师父来。
三才者，天地人，西方我已散分明。

【破北方】

维地可仰黄金相，调御能仁珍摩僧。
珊瑚玉佩响叮当，接引亡魂宝楼台。
唵伽罗啼耶娑婆诃。

北方界，罪灭在亡魂。
礼请北方佛世界，开狱府，北方化作黑莲台。
亡魂如在三途苦，仙童接引上金阶。
金阶上，上金阶，成就佛来朝拜礼如来。

孝信棺角低头拜，北方狱主听赞扬。
亡魂若在北方狱，仙童接引上神幡。

南无一心奉请：
北方黑衣黑会黑童子，手持黑锡黑宝盖。
绕绕下赴棺角，
接引新故亡者，某某某一位魂下。
一魂二魂三魂七魄，七魄三魂。
上送三十三天界，下离一十八重地狱门。
跟随北方成就佛，北方冥路大开通。

开开北方狱，阎王侧耳听。
判官把簿罪消灭，马面牛头开枷锁。

赦放亡魂早超生。

毫光照破铁围城，赦放亡魂早超生。
南无破狱官菩萨摩诃莎。
南无出苦沦菩萨摩诃莎。

师父叫我散北方，打鱼子兵何敢当。
我今若不将花散，枉自师父教一场。

我把北方花文散，大家相伴好荐亡。
要荐亡魂升天界，不枉孝家费心肠。

一来我们教门旺，二来孝家保安康。
三荐亡魂升天界，四来众位看一场。

我今散花到北门，各提几句古人名，
王祥为母卧寒冰，郭巨埋儿天赐金。

董永卖身葬父母，沉香扇枕大孝门。
目连救母出地狱，二十四孝表不尽。

忽然碰着四个人，便问四人姓和名。
箕水豹、壁水貐，参水猿、轸水蚓。

他是北方水德星，镇守北方四座城。
回言四位水德星，赦放亡魂出狱门。
牛头马面来阻挡，奉送如来一卷经。

生金咤胸，伏金咤，牛头马面也怕他。
狱门打得粉粉碎，接引亡人早回家。

男女亲戚哀哀告，诸亲六眷闹嘛嘛。
师父铙钹响凄嗟，破狱道场多闹热。

咽喉开了饮食通，从此度亡出狱中。
三才者，天地人，北方我已散分明。

【破中央】

中央七金仙，冥冥黑暗狱。
我佛放毫光，亡魂得出狱。
唵伽罗啼耶娑婆诃。

中央界，罪灭在亡魂。
礼请中央佛世界，开狱府，中央化作黄莲台。
亡魂如在三途苦，仙童接引上金阶。
金阶上，上金阶，毘卢佛来朝拜礼如来。

孝信棺角低头拜，中央狱主听赞扬。
亡魂若在中央狱，仙童接引上神幡。

南无一心奉请：
中央黄衣黄会黄童子，手持黄锡黄宝盖。
绕绕下赴棺角，
接引新故亡者，某某某一位魂下。
一魂二魂三魂七魄，七魄三魂。
上送三十三天界，下离一十八重地狱门。
跟随中央毘卢佛，中央冥路大开通。

开开中央狱，阎王侧耳听。
判官把簿罪消灭，马面牛头开枷锁。
赦放亡魂早超生。

毫光照破铁围城，赦放亡魂早超生。
南无破狱官菩萨摩诃莎，
南无出苦沦菩萨摩诃莎。

师父叫我散中央，炎黄子弟何敢当。
众位散花团团走，该我中间杀龙口。

孟子见了梁惠王，又叫我来散中央。
云长走，王曰叟，散朵花来打湿口。

唪经来到千乘国，今晚散花果不错。
君子贤其贤，散花必定要周全。

小人各其各，话不投机不屑说。
三才者，天地人，各提几句古人名。

刘备赵云关张黄，五人武艺甚高强，
前朝军师诸葛亮，子龙会使黄龙枪。

谯老赞，产豪强，马上施刀杨六郎。
行得快来去得快，又该我来散中央。

提起中央土德星，从头一时说分明。
氐土貉、女土福，胃土雉、柳土獐。

他们四个土德星，镇守中央四座城。
日照香炉生紫烟，超度亡魂往西行。
三才者，天地人，中央我已散分明。

无心施主把香焚，我道慈悲度亡魂。
我今要随狱中去，然而扯着不放行。

二仪三才解与你，五行四象要分明。
八卦出在新江县，戏台出在漠州城。

罗盘原有百廿字，子午卯酉定时辰。
若是我今解不出，枉自十方门下行。

八卦我今解与你，教门兴旺远传名。
铙钹鼓镲响叮当，有请师父做道场。
大家来在花场上，一个散首又何妨。

八、度亡歌

稽首虔诚三炷香，敬奉灵山大法王。
接引亡魂西方去，极乐宫中受佛光。

唯愿亡者还魂转，阳世富贵坐安康。
调贤引众费辛苦，训众深恩实难忘。

一炷真香打炉台，越想越苦越惨然。
儿女哭得肝肠断，何日何年得团圆。

二炷信香插在前，呼号哀啼哭不转，
亡者一世多受苦，受尽折磨有谁怜？

三炷宝香插在堂，呼号亡者快回乡。
拨开生死还魂转，免得儿女哭断肠。

南无观世音菩萨摩诃莎。
南无西方接引阿弥陀佛。

我为大道度众生，真言妙语超凡尘。
承领佛命蒙接引，随佛超度往西行。

儿女哀哀哭断肠，六亲垂泪好凄惶。
回想当初团圆日，而今好似梦一场。

【念】

想人生，父母养，三年乳哺。
得成人，休忘了，父母深恩。
父是天，母是地，天大地大。
长大后，莫背逆，孝顺双亲。
幼年时，学堂内，攻读书文。
青年时，好强胜，不听教诲。
三十几，配姻缘，方才定心。
四十岁，到中年，心事全休。
五十岁，下坡路，花谢渐零。
六十岁，人已老，花残叶落。
七十岁，如朽木，花落无根。
八十岁，上上寿，腰驼背曲。
九十岁，世少有，寸步难行。
南山上，多有那，千年松柏。
世间上，很少有，百岁之人。

【唱】

南无度亡师摩诃莎。

生老病死苦难当，辛酸百味须自尝。
为人难坐千年好，劳苦病累过时光。

生身父母恩难报，儿女行孝是本行。
一尺五寸娘生下，口喊菩萨救命王。

母子二人皆受苦，九死一生苦难当。
生字实苦苦有利，指望百年孝爹娘。

老来白发似钱丝，头昏眼花白了头。
腰弯背驼难走动，一根拐棍不离手。

人到老来人无用，一世到老苦不值。
人到恰似风前烛，苦到老来万事休。

病字到来倒在床，浑身苦楚实难当。
不怕尽管英雄汉，病字临头都慌张。

一生血肉耗散尽，磨得眼花面皮黄。
提起病字人人怕，大限到时就无常。

死字到头不自由，满堂儿女泪双流。
一世辛苦挣家计，临终空手独自游。

丢下满堂儿和女，阎君不肯顺人留。
苦楚苦泪苦吞下，悲号哀啼不罢休。

奉劝世人早修行，莫到临头无主张。
十二时辰求忏悔，赦罪消愆上天堂。

【念】

想当初，年纪轻，英雄好汉。
拿长枪，使短棍，件件皆能。
到人前，气昂昂，能言快语。
说的言，论的语，好听动人。
今日里，老将来，文章不值。
才知得，少壮时，如风如云。
人到老，病缠身，可会丧命。
才方悔，过来时，不早修行。
哪知道，人会死，难修难整。
年纪老，血气衰，要入幽冥。
倒在床，起不来，声声叫苦。
口不开，气不还，怕见阎君。
有好儿，有好女，谁替身死。

到无常，末日临，残酷无情。
只有出，没有进，咽喉气断。
一生世，到今时，就要行程。
三灵魂，七分魄，阴司走定。
见判官，观阎君，善恶照形。
善者人，被引上，天堂之路。
恶毒人，被打下，十八狱门。
愿我佛，垂接引，西方极乐。
身登那，莲座前，拜礼慈尊。

南无升天界菩萨摩诃莎。

子时忏悔先为头，男女回头趁早修。
五更三点仔细想，人到老来没来头。
百年难躲无常路，万贯家业也抛丢。
长江不见回头水，哪有人死转回头。

丑时忏悔上佛堂，秉烛焚香礼法王。
今生修福来生受，皇天不昧善心肠。
若是修行无好处，天下明山无佛堂。
荣华富贵前修定，今生再修来生场。

寅时忏悔天白发，善人参拜佛菩萨。
不求金银堆北斗，牛头马面不敢拿。
若是不把佛来念，永随地狱才无法。
今时投佛求忏悔，来生西方开莲华。

卯时忏悔正天光，人生在世枉自忙。
受尽奔波劳碌苦，死后只受一炉香。

阴司受罪谁替换，不如修行念金刚。
三千八百功圆满，永坐灵山拜法王。

辰时忏悔太阳红，花花世界云霞同。
心猿意马拴牢住，时时孝敬老主翁。
人生好似灯一盏，油干灯灭无形踪。
劝人少争此闲气，功名富贵一场空。

巳时忏悔供午斋，各人生死自安排。
将就过得且就过，不必苦苦挣钱财。
花开花谢年年有，人死何曾得转来。
只要解脱生死路，且去拜佛朝灵山。

午时忏悔日方中，各人念佛望成功。
未进佛堂先打算，表疏写明凭印封。
忏悔心意要诚恳，佛祖观见好奇功。
拜佛之人要虔诚，人发菩念众心从。

未时忏悔太阳偏，哪个长生在凡间。
自古长生难买得，得个人生把佛念。
前世未修今生苦，今再不修难上难。
今生荣耀前修积，积善之人登九天。

申时忏悔日偏斜，贪财爱利意念差。
名利就是天罗网，富贵好比眼前花。

生死贵贱命生就，阴阳善恶不分差。
不如早修回头路，拜访名师学菩萨。

酉时礼拜日落西，光阴能有几多时。
劝人行善他不信，说是说非造谣词。
古今作恶哪个好，报应昭彰有早迟。
轮回车上一转动，紧紧防备人身失。
戌时礼忏上明灯，奉劝世间男女人。
说起这条阴司路，人人闻听都怕人。
善人来到笑脸接，恶人到此受罪刑。

善者引上天堂路，恶者难逃地狱门。

亥时礼佛夜更深，自悔来迟恕从真。
阎王注定三更死，决不留人到五更。
在生不如修善好，死后才知悔不成。
哀求地藏依大道，修真养性念佛经。

观音菩萨造法船，法船度亡往西天。
上送三十三天界，不度无缘度有缘。

珍珠玛瑙为船底，二龙戏珠分两边。
上有佛旨往生岸，下有菩萨来超凡。

诸佛诸尊空中立，观音大士执花幡。
八大金刚齐拥护，五百罗汉撑法船。

叫你上船快上船，随佛超度往西天。
稳着身心船上坐，登达彼岸坐莲台。

太阳出来照莲台，照见亡者渡船开。
法船度达登彼岸，度转原人返先天。

西天大路三硐桥，金桥银桥奈何桥。
金桥上面安稳过，除非行善不行恶。

奈何桥上黄氏女，奈何桥下万层波。
亡者安稳桥上过，极乐宫中拜弥陀。

抬头看天天又高，善人接引上天曹。
亡者度得升天去，辞别人间这一遭。

阴间两硐奈何桥，七寸宽来万丈高。
桥上高来高万丈，桥下血河浪滔滔。

南无西方接引度亡无量阿弥陀佛。

一池清水绿莹莹，多多拜上十阎君。
亡者有罪赦为无，罪恶根化为善根。

莫谓神祖道法高，普度亡人上天曹。
不度朝中官宰相，单度亡者登逍遥。

桥头童子身穿青，叫他下桥水又深。
中间化出莲花路，两边站的拜佛人。

孝顺父母多积善，书章表文奏天庭。
佛祖展开表文看，急忙传送十阎君。

十王一看金书薄，亡者生方登云程。
超凡离苦得解脱，花幡接引往西行。

唯愿祖宗早离苦，为儿领罪自当承。
阎王案前三叩首，祈赦父母免罪业。

劝君早早修行去，不若阴司难翻身。
钱财都是火烧化，总要善心敬佛圣。

昏沉不把头来招，把你真容现出来。
文房四宝拿在手，功果无边要开来。

昏沉不把眼来睁，望穿丛林树一根。
无根树下青烟起，金鼓咚咚接善人。

昏沉不把耳来听，声声念佛记在心。
念动真言如雷响，惊得邪魔两边分。

昏沉不把手来抓，捏住乾坤莫放他。

三魂渺渺升天界，七魄茫茫去佛家。

昏觉不把身来翻，浑身冷得水涟涟。
周身四体脉无气，阴魂渺渺归西天。

昏沉不把口来开，咬住银牙不放开。
喉中断了阴阳气，佛圣超度往西天。

来也空是去也空，来时不比去时同。
来时拖泥并污水，去是明月送清风。

引魂童子不要忙，梳头洗脸穿衣裳。
冠带鞋帽戴整齐，再来炉中焚宝香。

昏睡不把脚来伸，身为南柯梦里人。
有脚不能走千里，灵山去了本来人。

烧化钱财焚宝香，辞别家堂往西方。
丢下满堂儿和女，要得相会梦一场。

天垂甘露润乾坤，乾坤盖戴恩重深。
今日辞别天和地，未报天恩与地恩。

金乌涌出东海门，日月照临恩重深。
今番辞去日和月，未报日月大深恩。

幸在中华国内生，国王水土恩重深。
辞别皇王与水土，未报皇王水土恩。

奉劝世人发善心，报答父母养育恩。
今日辞别宗和祖，未报家堂先祖恩。

一分钱财一分金，烧与九天司命神。

今日辞别灶王去，隐隐扬善奏天庭。

一分钱财一分金，烧与门头老鬼神。
出入往来多得罪，伏望将军指路行。

救苦救难观世音，幽冥教主地藏神。
佛圣指引往生路，随佛超度往西行。

值日功曹与游神，纠察人间善恶行。
钱财金银烧与你，惩恶扬善度亡魂。

度口神灵与关津，桥梁土地把关神。
金银财钱烧与你，不要阻断新亡人。

钱财火化与城隍，勾魂童子命无常。
三魂七魄与你去，罪业解散往西方。

生死轮回哪个逃，辛苦一世枉徒劳。
今生不做轮回梦，枉走人间这一遭。

西方好来好西方，西方路上多清凉。
从此登程西方去，上品上生礼法王。

日出东方紫气高，观音大士用手招。
有缘观音来接引，接引亡者上逍遥。

金童扬幡前引路，玉女招魂随后行。
亡者引上极乐国，极乐宫中参佛圣。

金钱银钱放火烧，亡者领钱守腰包。
亡者领钱升天去，西方路上好逍遥。
十殿阎君开言门，善恶一二诉分明。
亡魂承佛来超度，脱开枷锁上天庭。

奈何桥上观莲花，亡者上往桥上跨。
引魂童子前引路，直登极乐化莲花。

远望幽冥一座城，层层门上挂金铃。
仙风吹动金铃响，惊动阎王宝殿门。

花幡招引到幽冥，善恶昭彰现分明。
无常好似把兵点，传牌来到不容情。

半夜来时三更去，百钱难买到天明。
阎君挥笔发下令，夜叉小鬼押进城。

行弥陀来坐弥陀，坐上莲台笑呵呵。
时时常把弥陀念，免得去时岔路多。

西弥山上水不流，花开不谢好河洲。
亡者到此亲见佛，牢记弥陀在心头。

琉璃瓦盖黄金殿，玛瑙装成白玉阶。
亡者得登殿上坐，逍遥快乐容颜开。

到此百劫已了然，方知天外还有天。
了得知此玄妙法，性园明本见如来。

千生今遇佛出世，万劫轮回再不来。
星宿劫外随佛转，永断八难与三灾。

打上金印对上号，永往极乐万万春。
得上莲台拜佛祖，无忧无苦永常存。

大道不离方寸地，十方不离一寸心。
从今正觉悟妙法，永无轮回放光明。

九、奠灵歌

叹亡魂，不幸一旦赴黄粱，大限临头难躲藏。
离别阳世上，名利皆虚眈。

鬼门关，任游往，要得回阳枉断肠。
劝亡休悲伤，仔细且思量。

老彭祖，寿年长，八百春秋在何方？
颜回三二上，更加少年亡。

人在阳，难免老，试看古往历代空茫茫。
跳出波谛云，超上安乐邦。

愿我佛，垂珠光。接引亡魂往西方。

叹亡魂，不幸一旦赴黄粱，
大限临头难躲藏。
家眷六亲忍别下，含悲吞泪见阎王。

叹亡魂，不幸一旦赴冥津，
冥冥升天路上行。
家眷六亲忍别下，含悲吞泪见阎君。

日色惨惨，暮色苍苍。
骨肉深恩长离别，父（母）子深情两分张。

星垂玉楼恨悠悠，亡者赴冥如乘舟。
舟顺水漂无踪影，只见水空流。

人生难满百，常怀千岁忧。
阴魂渺渺归西去，魂魄西去尸长流。

西方世界弥陀佛。（二合）

不舍阴中弘誓愿，接引超凡路。
吾今称赞礼，唯愿慈悲垂加护。
愿亡魂，生净土。
愿亡者，舍阎浮。
生净土，威灵不昧愿遥闻。

以此金铃声招请，亡魂不昧愿遥闻。
仗凭三宝妙真言，此刻今时来赴会。

报恩孝男恭对灵位。
初上明香，初声恸念。
二上明香，二声恸念。
三上明香，三声恸念。

恸念新故者，某某魂下。
一魂二魂三魂七魄，七魄三魂。
一炷信香传达去，五方童子引魂来。
降赴灵筵，受今荐祭香迎请。

花幡迎，花幡招请。
人到七十古来稀，多少日月不常明。
未曾奏生先奏死，生死簿上有花名。

把笔文簿从头看，不能老少一齐行。
阎王注定三更死，决不留人到五更。

彭古少年八百岁，难免黄泉路上行，
花开花谢年年有，日月如梭催老人。

天地山河千古在，人生能有几十春？
叹亡不尽，今故招章。

以今当堂招请，新故亡者二位香魂。
唯愿——
三魂渺渺临法会，七魂茫茫降来临。
降赴灵筵，受今荐祭香迎请。

花幡迎，花幡招请。
人生不免见无常，个个临行手脚忙。

生前不肯信门路，死后知得在哪乡。
世上万般拿不去，一双空手见阎王。

以今当堂招请，新故亡者三位香魂。
唯愿——
三沐三熏三招请，一行一步一来临。
降赴灵筵，受今荐祭香迎请。

再运升天宝香，当堂招请。
招请新故亡者，某某一位魂下。
一魂二魂三魂七魄，七魄三魂。
双手拨开生死路，反身跳出鬼门关。
三沐三熏三招请，一行一步一来临。
降赴灵筵，受今荐祭香招请。

一滴清凉水，遍洒亡魂身。
耳目得聪慧，咽喉得开通。

再将法水洒亡魂，耳目聪慧得清明。
人间饮食得享用，佛光接引往西行。

初奠酒，一去永无踪。
何日相逢，除非纸上画真容。
要得相见不得见，梦里相逢。

初奠酒，奠亡魂，唯愿亡者降来临。
降来临，手持金杯把酒饮。
弥陀佛光来接引，接引亡魂往西行。

一杯酒，奠亡魂，亡魂鉴领酒三巡。
坛中奉献一巡酒，西出阳关无故人。

一杯酒，劝亡人，奉劝亡人把酒饮。
几天之前还说话，今朝已成梦中人。

千哭万哭哭不转，阎君不肯顺人情。
只有把酒灵前奠，痛断肝肠好伤心。

初奠酒，奠亡魂，记得往日养育恩。
世间父母为最大，天地最大父母亲。

十月怀胎娘辛苦，三年乳哺母殷勤。
移干就湿来抚养，恩德最大是生身。

怀抱扶行抚养大，吞苦吐甜疼儿孙。
爱儿如同心肝肺，千辛万苦养成人。

冬用衣棉来穿戴，夏怕炎热躲凉阴。
秋季收粮洒热汗，春破冰雪去深耕。

披星戴月尝尽苦，劳碌奔波不安宁。
艰难险阻创家业，千辛万苦为儿孙。

指望百年同到老，谁知大限不容情。
把酒呼唤感不应，阴阳两隔不作声。
而今永别千秋去，痛断肝肠好伤心。

有生之日知亲故，死后哪知是谁人。

但临千百年之后，荒山坡上坟堆坟。

风吹摇动坟上草，土堆乱石哪无情。
思想此情肝肠断，利刀割肠痛我心。

奉劝亡者宽心去，生死自古有注定。
古今往来谁不死，哪见长生不老人。
天地山河千古在，人生能有几十春。

花开花谢年年有，日月如梭催老人。
若有金银堆北斗，难买长生路一根。

阳间有钱买得命，阴间不用半毫分。
阎王取人无老少，不论贫富都要行。

阎王注定三更死，决不留人到五更。
彭古年高八百岁，难免黄泉路上行。
不如宽心且自在，逍遥快乐上天庭。

一奠圆满，二奠当行。
二杯酒，奠灵前，奉劝亡者把酒含。
为儿为女当孝敬，死葬于礼所当然。

思想深情心肝碎，从此不再见容颜。
前日得病苦了娘，儿孙守护在床前。

望娘病重得好转，百年到老坐团圆。
谁知良药皆无效，日日不见有好转。
一日三来三日九，病重半分不见成。

一日不吃阳间饭，二日上了望乡台。
望乡台，望乡台，望见儿女哭哀哀。
三魂渺渺归何处，七魄随佛往西天。

二杯酒，劝亡先，唯愿亡者把手端。
相处一场在世上，都是前世修的缘。

有缘修得成母子，一家老少坐团圆。
父爱儿子愿成龙，子爱严父得登仙。

但愿千年同到老，谁知今日两分开。
两分开，两分开，从今一别万万年。

二奠酒，彭祖寿年长，
今白在何方？颜回二十四八少年亡。
三皇并五帝，难免无常。

二奠酒，奠新亡，唯愿新亡降丧堂。
降丧堂，手拿金杯把酒尝。
观音菩萨来接引，接引亡魂往西方。

二杯酒，奠灵堂，奉献亡魂亲口尝。
甘露点开喉舌味，从今荐拔往西方。

二奠圆满，三奠当行。
三杯酒，奠新亡，唯愿新亡降丧堂。
降丧堂，降丧堂，手拿金杯把杯尝。
公生父来父生子，今生今世聚一堂。

大家同来到世上，有缘有分处一场。
人生父母为最大，万善为先孝爹娘。

子爱母来母爱子，敬老爱幼理所当。
但愿常处千百岁，相亲相爱不分张。
谁知今日长永别，披肝泣血哭断肠。

三奠酒，泪汪汪，哪见亡者把酒尝。

回忆当日同相处，父慈子孝坐家堂。

不想严父得了病，一病不起倒在床。
一日指望一日好，日日不见好转良。

一气不来归阴府，儿女亲属两分张。
今日灵前空设奠，披肝泣血湿麻桑。

三奠酒，瓜子土中埋。
长出苗儿来，青枝柳计把花开。
花儿受尽千般苦，苦去甜来。

三奠酒，奠亡仙，唯愿亡仙降灵前。
降灵前，手持金杯把酒含。
地藏菩萨来接引，接引亡魂往西天。

三杯酒，奠某亲，某亲鉴领酒三樽。
跨鹤归来何返本，哀哉一去杳无音。

献酒又献食，奉劝亡者领在手。
亡者领食归西去，孝门然后发千秋。

献酒食来又献馔，奉劝亡者把手端。
亡者把馔领过后，逍遥快乐往西天。

献酒献食加献烟，香烟渺渺敬亡灵。
亡魂把烟领过后，孝家然后大发兴。

献酒献食加献茶，酒食过后把茶饮。
亡者把茶饮过后，随佛超度往西行。

献食献茶加献箔，会会发燃奉亡者。
亡者途中得受用，金童引往极乐国。

三杯美酒已用完，用将红火化纸钱。
且问亡者何处用，西方路上做盘缠。

来也忙是去也忙，金童玉女一双双。
金童玉女来接引，接引亡魂往西方。

国开苑灼在西方，号作中天净饭王。
妙相端严周沙界，神通大放玉毫光。

来也仙是去也仙，金童玉女排两边。
金童玉女来接引，接引亡魂往西天。

阎浮作瑞新路染，慈波罗花体子香。
灼大昌生归仰久，茫茫苦海作慈航。

来也空是去也空，来来往往在空中。
来是左脚盘胎路，去往逍遥极乐宫。

六十甲子急如风，不知南北与西东。
秋旦日月如火速，花开能有几年红。

西方菩萨妙难论，手中拿本度亡经。
不度朝中官宰相，单度亡魂往西行。

大河浪里一只船，将来挽在亡魂边。
亡魂有缘皆得渡，不渡无缘渡有缘。

十、祭灵歌

【正气歌】

天地有正气，杂然赋流形。

下则为河岳，上则为日星。
于人曰浩然，沛乎塞苍冥。
皇路当清夷，含和吐明庭。
时穷节乃见，一一垂丹青。
在齐太史简，在晋董狐笔。
在秦张良椎，在汉苏武节。
为严将军头，为嵇侍中血。
为张睢阳齿，为颜常山舌。
或为辽东帽，清操厉冰雪。
或为出师表，鬼神泣壮烈。
或为渡江楫，慷慨吞胡羯。
或为击贼笏，逆竖头破裂。
是气所磅礴，凛烈万古存。
当其贯日月，生死安足论。
地维赖以立，天柱赖以尊。
三纲实系命，道义为之根。
嗟予遘阳九，隶也实不力。
楚囚缨其冠，传车送穷北。
鼎镬甘如饴，求之不可得。
阴房阗鬼火，春院闭天黑。
牛骥同一皂，鸡栖凤凰食。
一朝蒙雾露，分作沟中瘠。
如此再寒暑，百疠自辟易。
哀哉沮洳场，为我安乐国。
岂有他缪巧，阴阳不能贼。
顾此耿耿存，仰视浮云白。
悠悠我心悲，苍天曷有极。
哲人日已远，典刑在夙昔。
风檐展书读，古道照颜色。
悲壮苍凉，忠义之气，千古常存。

【酹酒歌】

1.

旨酒沉清，苾苾芬芬。灌地以降，求神于阴。

2.

今日酒酹满十分，灵椿(萱)最苦赴幽冥。
涓涓滴滴思图报，酝酿浓醇尽泪痕。

3.

清酒既载，酹言尝之。庖盈罍满，式饮庶几。

【器皿歌】

器而曰皿，宜设于庭。我某手泽，堆兹是凭。

【热箫歌】

取箫祭脂，燔炙馨香。奠达屋墙，祀事孔宜。
燎之方扬，熏蒿凄怆。取箫祭脂，求神于阳。

【粢盛歌】

秬秠糜芑，俾筵俾几。有飶其香，以享以祀。

【炳烛歌】

风前烛，今朝花难开，
钻木曾借燧人火，宝烛头上放红莲，
照破九重泉。

【审牲歌】

1.

堂事交阶，室事交户。济济多士，礼仪卒度。

左右奉璋，尔能各奏。其猪肥腯，厥羊纯洁。
今日特杀，取毛取血。供奉灵前，用伸昭格。

2.

唯牛么逮，聊备豚羊。博硕肥腯，来格来歆。

3.

钟鼓煌煌，磬管锵锵。终和且平，美哉洋洋。
既有旨酒，又有佳肴。或饮或食，冀灵感昭。

【陈设歌】

陈设奠仪，般般有足。山珍海味，肴馔酒肉。
阴席阳席，礼仪足度。供奉灵前，奠祭亡母（父）。

【志哀歌】

1.

庭前椿（萱）树雕，庭内甚寂寞。
千秋永别从今宵（朝），怅望音容今莫观，遗恨悲胶。

2.

夕阳西下树寂然，父（母）已西归谁见怜。
黄泉行异路，不禁泪涟涟。
祭奠寸心略表哀，空遗血泪洒胸前。

3.

三魂荡荡魄悠悠，一去黄泉不可留。
手泽空存千古恨，令人感伤泪交流。

注：若父死亡云"手泽"，若母亡则云"口泽"。

4.

水流兮滔滔，心忧兮悄悄，终朝哭想父劬劳。
顾复深恩全未报，昼夜啼号。

5.

沉疴一旦遽云亡，泪滴香山葸恨长。
往事不堪回首问，哀号几断九回肠。

6.

血泪两交流，万种生愁，而某一去永千秋。
追忆深恩无由报，痛上心头。

7.

膝下失依依，某已西归，顾复深恩从此违。
今宵(朝)永做千秋客，泪洒麻衣。

8.

血泪两交流，某已仙游，回忆当年顾扶育。
未报深恩于万一，永别千秋。

9.

顾复深恩实难违，某已西归，满门儿女泪沾衣。
从今永做仙乡客，血泪悲凄。

10.

血泪泣涟涟，某已仙游，终宵哭想某当年。
劬劳大德犹未报，抱恨终天。

注：若父亡则为"劬力劳"，若母亡则为"萱劳"。

11.

生则居华屋，死则葬荒丘。
人生非金石，谁能久长留。

12.

一去不归思惘然，绿柳年年叫杜鹃。
三杯桃李春风酒，一滴何曾到九泉。
仙境空有还乡梦，西楼望月几时圆。

13.

自幼生无一时离，哪堪暌隔两旬期。
昨宵枕上恩亲泪，欲梦牵衣别时泣。

14.

恨底是苍天，竟不重岭，伏怀常做行地仙。
任是椎牛三百只，莫补前愆。

15.

蟠桃今夜宴群仙，一曲琅玕到几筵。
王母飞车荣有诏，丁儿刻木孝无缘。
八旬荣瘁空朝雨，万斛恩情杳暮烟。

都愿鸡豚重供奉，琼楼苦隔路三千。

16.

瑶池玉女爱盘桓，曾在石栏悄偷安。

今去瑶池归已杳，再无复依石栏杆。

17.

月落兮，不还柯。水流兮，不回波。

风吹竹断兮，月夜荡银河。

人生一去兮，怎奈何？

吾之亲某永别兮，涕泗泪滂沱。

18.

云影散兮树凄凉，人已去兮心悲伤。

而今奠祭兮，阵阵断愁肠。

入室音容莫观兮，空遗血泪洒汪汪。

19.

悠悠彼苍，偶沾微恙。沉疴突起，偃息在床。

辞尘永诀，大限无常。幽冥异路，遥赴仙乡。

天夺良善，谁不悲伤？

20.

鸣呼一梦入南柯，声悲断肠痛如何。

怅望音容今莫观，披肝泣血泪滂沱。

21.

霜落洞庭秋，水阔云收，影摇孤月翠光流。

何处仙人吹玉笛，黄鹤楼头。

不洗古今愁，只爱清幽，琉璃盘里水晶球。

照彻金下千万丈，便是瀛洲。

22.

昨夜迎归，那时见生前笑语。

今朝聚处，想不尽别后容颜。

日上朱输，恰是朝餐之会。

饭陈白粲，难忘祝噎之文。

执箸亲尝，唯期醉饱。

捧一匝下拜，曷腾愁怀。

旭日方升，欲承欢而无自。

晨炊已毕，将视膳以何从。

23.

日落西山，看倦鸟飞还，嗟我某音容那边。
记幼时，生我养我，常将乳哺戏灯前。
意念何眷眷，如何一旦返瑶天。
把儿捐，对此景，岂不悲哀？

24.

晚唱渔船，听牧笛声喧，嗟我某馨颜那边。
记少时，拊我畜我，常把诗书放灯前。
意具更绵绵，为何一旦梦游仙。
把儿捐，对此刻，岂不心酸？

25.

月朗松间，闻戍鼓更传，嗟我某形魂那边。
记壮时，教我成我，常把家常话灯前。
瞩望甚干干，为何一旦去不返。
把儿捐，至此际，怎不呜咽？

26.

立意献南绸，路过岳州，一来一去洞庭秋。
曾到龟山游才转，恨不封侯。

27.

君想要何求，独自勾留，一旦无常万事休。
忽卒于今终永别，怎不生愁。

28.

嗟儿父，恨终身，恩如海深。
想幼时，顾复长幼甚殷勤，如玉又如金。
到而今，父子永别肝肠断，血泪沾襟。

29.

人生难满百，常怀千岁忧，吾某勤劳一世休。
死者虽云去，生者日与愁。
一去永不返，涕泗泪交流。

30.

悲哉悲哉，含悲忍泪下庭阶。
堂上阿某今何在？泪流伤怀。

31.

月渐东出，日已沉西。风声瑟瑟，肃气凄凄。
枫冷吴江，遭晚风而飘荡。
桐落金井，拂夕阳而遍飞。

32.

是乃天地之机化，人与草木同悲。
斯时也，伐木樵子别山岗，而重寻干径，
把钓渔夫离水岸，而回傍苔。

33.

苍禽鸟兮，而日食暮宿。
猎马兮，朝出而暮归。
阿某一去黄泉兮，竟弃儿女而长逝。
三呼床头惊不应，一入榻下泪汪汪。

34.

云山苍苍，江水泱泱。思某之德，山高水长。
深恩未报，痛断肝肠。今日离别，永不还乡。

35.

血泪泣涟涟，某已登仙，昼夜哭想某当年。
只愿百年同到老，谁知永别在今天。痛苦哀哀。

36.

欲把亲恩数一回，天高海阔总难载。
儿能数尽青丝发，父母深恩数不完。

37.

寸寸丝丝总是恩，谁能描得半毫分。
蓼莪纵是能描画，只好依稀八九成。

38.

恩德如天不可量，生前欠孝殁徒伤。
灵前摆得般般有，哪见阿某把口尝。

【迎灵歌】

1.

一轮明月照回廊，哭向灵前奠酒浆。

想是瑶池开夜宴，更深不见某还乡。

2.

人生难觅这魂香，吹散某魂去渺茫。
安得瑶池王母辇，催迎阿某降灵堂。

3.

银烛耀辉煌，罗列酒浆，不见阿某来格尝。
想是瑶池赴夜宴，未暇回翔。
雪与梅争光，酒冷菜凉，蟠桃赴会速返乡。
愿借瑶池王母辇，早降灵堂。

【迎神歌】

稽首皈依大法王，法王坛上放毫光。
千真万圣齐赴会，引亡赴会至仙乡。

【盥洗歌】

1.

水清涟涟，源头活泼泉，
满贮盘中凭洗濯，逝者古今谁转旋，昊天痛无边。

2.

此清水，四顾茫茫。欲濯手，一时惶惶。
奠灵前，两泪汪汪。叹逝者，碎裂肝肠。

3.

内正其心，外洁其体。祀我先人，潜焉出涕。

4.

承欢水犹是，吾某今在否？
强将一滴濯吾手，难忘生前与殁后。
沧浪之水，清且涟漪。
濯吾形体，祀事孔宜。

【奠酒歌】

1.

恸念我某，魂归于阴，敬申薄奠，来格来饮。

2.

杜康酒，酌金壶，献到灵前日已晡。
嗟我某亲云何阻，掩首自踟蹰。

3.

葡萄酒，夜光杯，未领谯楼鼓已催。
何曾我某在卸杯，盈盈泪满腮。

4.

合欢酒，兀地酿成愁。
今日捧来灵几上，强将一滴润喉头，怎不泪交流？

5.

仪狄酒，酌觥觥，今日将来献灵堂。
何曾一滴到泉乡，涕泗泪两行。

6.

恸难别，何日再相逢？
满架葡萄带血泪，杯卷宛在想音容，花落怨东风。

【初上香歌】

1.

一炷香，透绛纱，西望长安不见家。
黄鹤楼中吹玉笛，江城五月落梅花。

2.

竹为心兮粉为裳，芝兰气味味檀香。
香烟渺渺腾上界，感得先灵返故乡。

3.

沉火紫檀烟缥缈，绵绵篆文又相连。
纵有奇特返生术，魂返何年？

4.

欧范椰，馥熏腾，然延鸡舌献炉瓶。

觅得还魂香一炷，泣血稽首献于灵。

【二上香歌】

1.

二炷香，似龙游，空水澄鲜一色秋。
隔断红尘三万里，白云红叶两悠悠。

2.

生生思意着金炉，一缕青烟起太虚。
翘首徒赡香气霭，亲容未见痛何为。

3.

设香停，此礼实宜遵。
祭祀隔香神不饮，古人传至今，后人依此行。

【三上香歌】

1.

三炷香，起祥烟，长空万里渺茫天。
灵魂悠游陌处宿，想象音容泪涟涟。

2.

焚香含泪上灵堂，泣流两行，涕流两行。
黄泉路上受风霜，痛我心肺断肝肠。

3.

三炷香，氤氲遍九垓，焚香告成自含哀。
一香二明三炷宝，香信到泉台。

【早奠香歌】

金乌东升端云光，招魂不见心悲伤。
三炷宝香哭上苍，但愿某魂降灵堂。
俎豆空陈未沾尝，千呼无应哭断肠。

【暮奠香歌】

愁听暮鼓暗魂销，盼望白云迢迢。
只道我某体康健，拄杖逍遥。
谁知抛儿别女，竟入冥寥。
焚香时，不禁泪流似江潮。

【初下西阶歌】

悲哉悲哉，含悲忍泪下西阶。
阿某今日归西去，空遗血泪泣涟涟。

【祭歌】

哀哀我某，永别人间。
魂归阴府，命入黄泉。
呼之不应，唤之不睬。
从此离别，千年万年。
回忆往昔，如在眼前。
养我育我，爱如心肝。
长我顾我，无处不关。
从小到大，备至关怀。
情切难忘，恩大如天。
日养日教，慈祥恩宽。
一生劳苦，贫困艰难。
而今稍好，脱贫裕宽。
只愿我某，长命百年。
和儿和孙，幸福团圆。
忽然病倒，不见好转。
大限来临，命不少延。
魂归阴府，命归西天。
千秋永别，窀穸长眠。
儿女失怙，泪涌如泉。

生死离别，永不回转。
深恩未报，抱恨终天(萱)。
谨以凡仪，哭祭灵前。
严父(慈母)有知，受领肴馔。
来格来饮，呜呼哀哉。

【哀祭歌】

某月并某日，到处是黄昏。
生死两离别，青山尽哭声。
日落西山去，来日又东升。
某某西归诀，一去不复生。
出门无所见，音训无所闻。
饥肉乘尘飞，白骨蔽荒林。
痛别无会期，魂魄入浮云。
存亡皆惨痛，惨痛裂肝心。

【陈爵歌】

1.

竹叶青，状元红，不见面带桃花容。
酒酌初献泪流胸，若要与某再相逢，除非在梦中。

2.

酒号为双伯，除忧此来对灵倾。
泪滂沱，空向灵筵把酒酌。
怜念哀思枕，愿终三爵。

3.

梨花盏，曾奉卯时欢，此时正值朝曦上。
不见解愁颜，只觉我心酸。

4.

麦生酿，何不圣与贤，一样斟来灵几上。
不闻钵后添，空自索杯桼。

5.

　　青冊酿，开来十里香。酌彼金罍亲试饮。
　　莫怨早晨伤，暗里自猜详。

6.

　　愧孙辈，徒添殁后觞。我某今朝万里去。
　　愿终三爵束行装，何日再返乡？

7.

　　瓮酿葡萄绿，杯浮竹叶青。
　　泣将一滴对灵倾，难报勤劳恩。

8.

　　洗腆泪成血，称觞心已恢。
　　哀哀我某再卸杯，不到金罍。

9.

　　未梦生前醉，徒添殁后伤。
　　何时把盏话家常，怎不泪两行？

【筷箸歌】

1.

　　一双筷箸来献上，何曾拿在手中央。
　　阴阳杳隔分，黄泉路渺茫。
　　老竹不能遮嫩笋，满屋悲伤。

2.

　　梦中竹，头将金银包。
　　羹满有菜曾用夹，念此我魂销。

3.

　　湘妃竹，披削费工夫。
　　今日捧来灵几上，免教指头污。

4.

　　象牙筷，古人常配服。
　　我某素性原从俭，惟用两方竹。

5.

　　殷勤问竹箸，甘苦尔先尝。

滋味他人好，尔空来去忙。

【肴馔歌】

1.

　　四筵设席，或燔或炙。虽无佳肴，庶几式食。

2.

　　肉味新，只望某纳口中吞，
　　儿供灵前空拱手，谁知上面无声音。
　　未见某来饮，满眼泪淋淋。

3.

　　灵前敬献美味香，不见某来尝。
　　满堂儿女泪汪汪，生死永别兮，怎不断愁肠。

4.

　　一脔肉，燔炙味堪尝。
　　不及池鱼冬笋美，卧冰哭竹永流芳，相对九回肠。

5.

　　肉盈几，食遮几，呈来哪见食无余。
　　于我空设疤有肥，血泪两斜辉。

6.

　　竭力以练馈，烹肥而洁酥。
　　空设肴馔意惨然，何处哭苍天。

7.

　　蒸肥美，早市自屠门。
　　一脔敢自夸能养，漫说肴亲餐，伤哉不逮存。

【翰音歌】

1.

　　鸡司晨，曾杀佐亲餐。
　　今日割烹寝门外。
　　不见某何在，教儿泪满面。

2.

面作鸡，不见栖于坰。只望杀鸡供养老。
不想某难留，儿孙哭相思。

3.

曰之夕烹，伏冤漫学，
虑人欢戚廖，某今不昧食庶几，痛不及生时。

4.

忆阿某，曾见栖于树。
只望杀鸡来养老，谁知大限不容迟。
唯有哭相思。

5.

吾某以能重，割烹不逮存。
何时谢客佐亲飧，暗里自销魂。

【献猪肝歌】

毛鸿女，养亲曾割肝。
愧儿不及古人贤，痛入我心怀。

【献猪首歌】

猪儿首，号猪元，些些面粉何周全。
今朝捧来灵席上，我某勉加餐。

【献兰耳词】

朵朵云间耳，生来槁枿头，
上肴岂足比珍馐，我某来尝不？

【献金尖歌】

曾说孟宗哭竹冬生笋，愧儿养生未竭诚。
殁后表微情，血泪沾衣襟。

【献蓉稣歌】

芙蓉花，开自白莲池。
人将芙蓉号酥饼，莲台岂易居，我某免依依。

【献花生歌】

花落地，结子如豆形，此种来自西域城。
我某冥间来食用，一去不复生。

【献枣子歌】

曾哲嗜羊枣，陆绩怀橘闻。
难学王祥养双亲，聊将丹奈呈。

【献松子歌】

赤松子，通神明，首阳山上全天伦。
我某未曾餐松子，今古同传名。

【献水果歌】

旧是园中果，今将盘内陈。
当灵聊自表儿情，哪见亲来临。

【献海椒歌】

椒其馨，此种出自越国城。
春夏秋冬是常菜，不见某来领。

【献包子歌】

诸葛亮，泸水祭馒头。

祭毕波浪皆平静，今将五柱呈灵几。
我某来尝否？

【献拂帛歌】

1.

一幅帛，鲛人丝，恐防食染于唇口。
捧给阿某揩拭面，不禁泪涟涟。

2.

一缕布，纤纤手中搓，
我某将来频拭面，别离常交泪痕多，此去再来么？

【初献礼歌】

1.

初献泪汪汪，湿透麻裳，惆怅阿某逝仙乡。
纵有鸡猪羊肥腩，不见亲尝。

2.

银烛吐青烟，肴馔列几筵，我某音容已杳然。
初献酒食，何曾到九泉。
思无边，痛无边，果真抱恨终天（宣）。

3.

炳烛敬焚香，烛影辉煌，然謦咳喘到深堂。
千呼万唤终不返，哭断肝肠。

【初献哀乐歌】

金炉内，焚宝香。
灵前美味般般有，哪见亡者把口尝。

【二下西阶歌】

悲哉悲哉，含悲忍泪下西阶。

灵前不见某某面，想是枉然。

【蓼莪首章歌】

蓼莪者莪，匪莪伊蒿。
哀哀父母，生我劬劳。
蓼莪者莪，匪莪伊蔚。
哀哀父母，生我劳瘁。

【南陔首章歌】

循彼南陔，言采其兰。
眷恋庭闱，心不遑安。
彼居之子，罔或游盘。
馨尔夕膳，洁尔晨餐。

【西江月歌词】

道德三皇五帝，功名夏后商周。
英雄五霸闹春秋，顷刻兴亡过手。
青史几行名姓，北邙无数荒丘。
前人田地后人收，说甚龙争虎斗。

【哀泣歌】

哀不堪言，痛入心怀。
从此一别，永不回来。
阿某此去，千古万年。

【献饭食歌】

1.
行道远，也须裹粮粮。

不识冥途多少路，饱餐三饭赴仙乡，痛入我心肠。

2.

一盂饭，凌晨起自炊，饭已熟而某未醒。

粢盛徒自俱，哪得不伤悲。

3.

高粱米，饱人以早晚，颗颗盘中呈玉粒，聊以佐亲餐。此去几时还？

4.

炊脱粟，望某再加餐，

闻说仲田曾负米，百里不辞艰，儿愧于先贤。

5.

一瓶粥，借加餐，愧不精洁儿心酸。

于豆于登列几筵，未足奉明鲜。

6.

家常饭，愧不丰，呈到灵前灯已红。

哀哉子职已徒供，悲闻远寺钟。

7.

粗米饭，未必甘，哀哀我某勉加餐。

淑水何时再承欢，徒悼日卸山。

8.

家常饭，粒粒父遗来，鸡黍逮存空有愿。

皋鱼风木总伤怀，悔不读南陔。

9.

叹往昔，菽水也承欢。

今日盘中罗玉粒，何曾见某勉加餐。

10.

负米昔贤老，耕田古帝仁，

愧儿不善养某亲。黍稷奉明星。

11.

再饭何时得，粢盛徒自俱。

纵然丰洁也成虚，哪见食无耶。

12.

淑水不为薄，高粱未必甘。

今日侍奉岂承欢，涕泪已潸然。

【献心肺歌】

月令片，祭先辈，周人祭祀先以肺。
我某何曾勉加餐，儿辈堪流泪。

【献食裁歌】

竭力阵馈，烹肥而洁酥，
安设肴馔意惨然，何处哭苍天。

【献肚尖歌】

烹鱼肚，常以嘉佳宾，忆昔置腹常推心。
今白噬脐何能及，唯有两泪倾。

【献汉粉歌】

中原菽成粉，抽来为白条。
捧来即请庖人调，念此我魂销。

【献水鳞歌】

江上渔翁，思昔渭滨姜太公。
钓得鲈鱼何处卖，伴江流泪树叶红。

【献五德歌】

鸡初鸣，我某昔日起五更。
而今五更鸡鸣后，言存形亡无声音。
儿将五德来呈献，灵前奉劝酒三巡。

【献海带歌】

生来形似带，切细犹如丝，
纵云海物佐亲厄，埒不及生时。
采藻明且洁，海物极竭诚，
苹蘩蕴藻享上帝，我某且来歆。

【献瓜子歌】

西瓜美，出自西域国，
移来倍觉子，离离承颜差何得，唯有长叹息。

【献核桃歌】

羞含桃，先以荐寝庙，
此种来自西羌国，儿心最伤悼。

【献仙桃歌】

会蟠桃，西池王母仙，开花结子三千年。
我某今日游桃园，为何竟惨然。

【献石榴歌】

张骞使西域，还得安石榴，
我某今朝西方去，能学古人转来否？

【献甘蔗歌】

倒啖蔗，渐入佳境来，晋人出此言何乖。
一日指望一日好，永别望乡台。

【献橙柑歌】

江陵柑，元素致能来，
今将把福称，柑子盘内香徘徊。

【献柿饼歌】

柿饼术，尔雅称七绝，闻道七绝难尽说。
寿最肥大卸前茶，今朝何惨切。

【献糕饼词】

不是题糕就，非关备饼成。
只愁物献亲难存，怎不泪涌倾。

【献月饼歌】

月儿饼，年年中秋节，唐王月殿乐何极。
我某今宵游月宫，肝肠数断绝。

【献海虾歌】

海虾鱼，出自四海中，虾兵海将守龙宫。
我某倘得去龙穴，蟹眼虾须中。

【献螃蟹歌】

抱朴子，称螃蟹，荣登二甲人人爱。
今朝陈来献灵台，物存亲何在？

【亚献礼歌】

1.

亚献泪纵横，湿透麻襟，阿某辞尘赴九京。
灵魂缥缈归仙院，永别儿孙。

2.

酌酒敬牺牲，招仪徒存，凄凉纸帐痛莫闻。
望断白云增伤感，泪滴何深。

【亚献哀乐歌】

花瓶内，插鲜花。
灵前美味般般有，哪见亡者动口呷。

【二下西阶歌】

悲哉悲哉，二下西阶。
千秋永别，尊某何在。

【蓼莪次章歌】

瓶之罄矣，维罍之耻。鲜民之生，不如死之久矣。
无父何怙，无母何恃。出则衔恤，入则靡至。

【南陔次章歌】

循彼南陔，厥草油油。
彼居之子，色思其柔。
眷恋庭闱，心不遑留。
馨尔夕膳，洁尔晨羞。

【哀泣歌】

死别吞声苦，重逢在何年？
招魂不可见，入梦亦凄然。
欲会某某面，唯哭灵柩前。
痛别无会期，存亡阻幽关。

【献糖饼歌】

红绫饼，唐王赐贤才，我某未曾尝得来。
今日捧来灵几上，冥地有余哀。

【献板栗歌】

蒸哀栗人，大失本馨。
我某今朝万里去，儿嗟哪能复蒸。

【献蒙梨歌】

梨不熟，古人常出妻，曾子老道万古题。
蒙梨芬芬随某爱，不见沾属颐。

【蒙梨歌】

不是篱边菊花开，也自黄烹来。
跪献祝灵堂，永别断肝肠。

【献麻酥歌】

月令篇，中秋大尝麻，麻麦懞懞古人夸。
人将芝麻号酥饼，哭望天之涯。

【献茄瓜歌】

紫红茄，种满吴，兴圃蔡抟，太守何清苦。
今朝跪献祝灵台，儿泪实含衰。

【献荔枝歌】

荔枝子，古称木馒头，甘多酸少晋灼留。
我某甘苦曾备尝，此味亦尝否？

【献刚鬣歌】

发五犯，吁嗟不驺虞，豚肩掩豆古人夸。
牺牲既呈灵桌上，儿泪血成花。
二母痴，庖人执于牢，只说家畜堪养老。
谁知祭羹在今朝，唯有哭号啕。

【献柔毛歌】

士无故，原不杀羊羔，
羔羊尤有跪乳恩，愧儿未能报劬劳，泪溢海波涛。

【献挂面歌】

似线千条袅，如银一色新。
些些粉面向前承，岂足报亲恩。

【献香菰歌】

香菰美，产自浙江城，处州号为羊肚荣。
相比黍稷更为馨，我某且来临。

【献鱼翅歌】

烹鱼翅，名为水梭花，如此名号传僧家。
愧儿生前未省察，殁后堪怨嗟。

【献海参歌】

海参美，来自西辽国，开乌茨参人人说。
我某今朝西方去，相见何惨切。

【献酥鱼歌】

1.

鱼儿美，临晨味更鲜，吩咐庖人加意作。
恐不逮欢，安自羡临渊。

2.

烹鲤鱼，中有尺素书。
今朝我某骑鲸去，书信可有无？

3.

物之旨，唯无鱼，鳝鲨腌鲤及鲢鲥。
傍晚烹来已云迟，痛读烹鱼诗。

4.

弹长夹，因叹食无鱼，南有鳝鲨河有鲤。
愧儿未尽养生俱，扼腕长发吁。

5.

徒有临渊羡，空劳结网思。
釜鬵虽溉已云迟，痛不生及时。

【献鸭禽歌】

我某亦能饲，割烹不逮存。
何时请客佐亲餐，暗里自销魂。

【献肠汤歌】

痛我某，已曾九回肠，
今日盘内甚凄凉，念此我情伤。

【献羹汤歌】

1.

儿献汤，阿某吃饭喉干爽。
昔日炊羹阿某在，今朝吸水水凄凉。
路上迷魂汤莫饮，心清好望看家乡。
儿想此情泪汪汪，全家儿女哭断肠。

2.

儿无才德，未唯知羹，调其鼎鼐，某其来歆。

3.

入厨下，洗手做羹汤，虽然久谙亲食性。
调和更自详，尚泪不堪尝。

4.

调鼎鼐，哪得有盐梅，野蔬家粟合泪煮。
挽夫缓待慢相催，易去苦难回。

5.

主妇不堪作，庖人应代调分羹。
何日我魂销，泪溢海波涛。

【献香茗词】

夸黄龙兮每双井，石上紫笋皆上品。
而今解渴赴泉台，鼎沸空渐珠泪滚。

【三献礼歌】

1.

三献泪潸然，洒向灵筵，阿某从今永不返。

安得还魂香一瓣，同欢庭前。

2.

酌酒散牲牷，枉自徒然，一滴何曾到九泉。

口（手）泽儿杖依然在，呼号昊天。

【三献哀乐歌】

灯台内，点明灯。

灵前美味般般有，哪见亡者来受领。

【三下西阶】

痛哉疼哉，三下西阶。

某别西去，血泪涟涟。

【蓼莪三章歌】

父兮生我，母兮鞠我。抚我畜我，长我育我。

顾我复我，出入腹我。欲报之德，昊天罔极。

【南陔三章歌】

有獭有獭，在河之涘。凌波赴汩，噬鲂捕鲤。

嗷嗷林乌，受哺于子。养隆敬薄，惟禽之似。

勖增尔虔，以介丕祉。

【浪淘沙歌词】

远水接天浮，渺渺扁舟，去时风雨送春愁。

今日归来红叶闹，又是深秋。

聚散冉悠悠，白了人头，片帆孤影下水流。

照澈碧海千万丈，便是蓬洲。

【歌哀词】

长江水流浪悠悠，一时得意一时休。
阿某从今永别去，万古千秋。

【孝弟侑食歌】

嘉言令范犹可追，宗室仰望令何归。
杯中清酒灵前奠，风雨凄凄陌上飞。

【孝侄侑食歌】

从前恩深爱似儿，一旦睽违永绝斯。
遵守何曾忘昔训，霏霏湛露濯林枝。

【孝孙侑食歌】

蝶化梦中已杳然，鹤归云表又何年？
老成惊叹凋零谢，难赋招魂向楚天。

【歌孝婿侑食】

行道远，也应裹糇粮。
不识冥途多少路，饱餐三饭赴仙乡，泣涕进黄粱。

【歌通献词】

人生只有这一回，谁知今日永分离。
满堂儿女留不住，从今一别无归期。

【通献演乐】

观音菩萨大慈悲，大慈大悲度众生。

南无观世音菩萨摩诃莎。

【歌茶词】

1.

炉香茗椀，怎不效素风，饮罢原何止一漱。
撇开媳女竟飘蓬，想见梦魂中。

2.

曾识茶滋味，还推雀舌香，
一壶敬来我心伤，恐不谙温凉。
一杯难解渴，两盏再呈献。
樵青重为把茶煎，竹里煮清泉。

【歌楮财】

人生行远道，须要带青铜。
阴间也与阳间同，钱袋不能空。

【歌送灵】

斗星耿耿天之北，是夕矣。某去矣，从今成永别。
千秋万代永不返，思念空悲切。

【歌送神】

礼已行终泪不终，可怜三献终成空。
切思我某魂虽积，永别儿孙不相逢。
千真万圣归仙院，亡魂往生极乐宫。
不见生前真面目，空留纸上假影容。

【古祭歌三则】

1.

呜呼！哀哀我父，恩极昊天。胡为不愍兮，命不少延。使我儿辈兮，空期百年。趋庭仰望兮，诗礼无传。陟岵瞻仰兮，风木凄然。音容何适兮，馆舍长捐。我身无怙兮，悲泪如泉。灵车将驾兮，即彼九泉。父其此往兮，窀穸长眠。儿辈彷徨兮，如痴如癫。抚膺悲号兮，欲见无缘。生死永诀兮，千万斯年。猿惊鹤泪兮，芳竹竿竿。天长地久兮，抱恨绵绵。父亲有灵兮，彼降芳筵。鉴此微忱兮，略慰心田。

2.

呜呼！痛念我父，生我劬劳。欲报之德，昊天无疆。搁我复我，情切难忘。抚男育女，教以义方。而今成立，嗣衍繁昌。吾父生平，品德端庄。兴家创业，栋宇辉煌。殷勤劳苦，营谋有方。事先公而敬爱，训后裔以慈祥。情殷内外，义重邦乡。正宜长寿，遽尔云亡。昊天罔极，人世沧桑。呜呼痛哉，望吾父而音容莫睹，想严亲抚风木以增伤。而今之后，不复促膝话衷肠。从今已矣，何能晤面再商量。（高堂老母，抱憾居孀。）其我不肖，未报毫芒。轿车暂停，魂返故乡。聊具不腆，吾父来尝。大哭三声，惊天动地，长号三声，震荡山岗。血泪和流，碎裂肝肠。吾父有灵，鉴我哀章。

3.

呜呼我父，命已无常。只依膝下，得睹容光。胡为一疾，病入膏肓。连延数月，僵卧高床。儿孙束手，遽赴仙乡。雪封蕙帐，寂守空房。愧我兄弟，空盼义方。思念我父，何日得忘。深恩罔报，心内凄凉。形归窀穸，神返宗堂。当兹灵座，惨痛哀伤。聊陈酒礼，哭奠灵堂。父灵不昧，伏冀来尝。

【古今混合祭歌】

呜呼！父逝矣，父长逝矣！从此诗废蓼莪，悲深风木恸哭无穷期矣！缅想吾父生平立身处世，可纪可风。守谦和，明礼仪。见乡党老成极表尊崇，待家庭子侄尤钟慈爱。事父母孝顺兼全，待兄弟友恭笃尽。守俭朴，戒奢华。章身者四时不外布衣，裹腹者每日无非粝食。摒挡家事，井井有条。披星戴月，沐雨栉风。多少艰辛，竟能以碗米杓水之家，仰视俯畜，皆无缺憾。其劳心劳力真可不一而足者。呜呼！痛哉！吾父之于儿，兄弟姐妹也。忆当年幼无知时，以饮食寒暑不善保养为虑。及长也，又恐所学不精，无恒业以谋生活。自少至长，在在关怀，无时无刻不在之中也。数十年，日养日教，不知费尽几许劬劳。日嫁日婚，不知费尽多少劳瘁。欲报之德，真昊罔极矣！今者，儿辈皆已成年，满拟以从前所学职业，供职社会，获微利以终养老父余年，使我父得享几数清闲天伦之福。谁知昊天不吊，一病不起，致儿长抱皋鱼之恸，莫报罔报之恩，不孝之罪诚有擢发难数者矣！呜呼痛哉！人之所最难忘者，恩也情也，而恩情之最笃者，父也子也！吾父与儿千秋永别，回想父子恩情，又何能割断也。而今已矣，儿亦无多言矣。彼苍天者，儿之命薄亦何至于斯之极矣。今而后谁来顾复我耶？谁来教训我也？唯有陟彼岵兮，瞻望父兮，痛哭即已矣！兹当堂奠之期，谨以清酌庶馐，含哀致诚，哭奠灵座。不知我父仍如在生之日，欣然来赏否邪？呜呼痛哉！

十一、辞别亡灵歌

归去来，归去来，脱了凡胎上莲台。
脱了凡胎登莲座，今后超生再不来。

逍遥界，逍遥界，逍遥快乐住西天。
逍遥路，逍遥路，逍遥快乐登极乐。

五方童子五方来，亡者辞去不转来。
三炷信香辞灵前，辞别灵魂两分开。

一辞家堂香火神，不能烧香供先人。
感念父母抚养大，好不容易得成人。
不想今日生命尽，无常到来不容情。
今日辞别归冥路，不能再来奉神灵。

二辞家中妻子(丈夫、眷属)身，今生一世同心人。
一家眷属恩义重，同家同室过今生。
白头偕老望长久，谁知今日两边分。
独守家室烦恼过，凡事指靠望你们。

三辞身边儿和女，犹如身上肺肝心。
移干就湿抚养大，爱子成龙父母心。
指望千年一起过，谁知由命不由人。

互相关怀莫争斗，凡事宜和不宜分。

四辞兄弟和姊妹，都是同胞共母生。
只想大家同到老，谁知今日命归阴。
兄妹以后要和好，万事莫说少相争。
今日辞别归冥路，父母骨肉两边分。

五辞联眷并六亲，开亲结义是常情。
有进有出家家有，开亲就是一家人。
莫为小事相争吵，莫听是非起歹心。
一年四季常行走，互相关怀如水清。

六辞亲朋族友们，同心相交到如今。
记得少年骑竹马，岂可教人枉度春。
和好一世难分别，大限临头不容情。
辞别分离西方去，从今以后不登门。

七辞邻居和老少，同到一世过一生。
远水不能救近火，远亲不如近邻人。
从今丢下儿和女，望靠你们多关心。
哀哀辞别升天去，今后难得见你们。

八辞师徒道士尊，还有燃香点亮人。
迎请佛圣来超度，香花灯供结善因。
投佛赐下往生路，随佛超度往西行。
无量功德全来靠，辛苦大家与众人。

九辞居处与屋场，今生一世两忙忙。
千辛万苦来建造，指望万年坐家堂。
阳世创业留后代，人生岂能坐久长。
人人必走这条路，随佛超度往西方。

十辞田地与水土，竹木水石有情长。

今日驾往西方去，不再耕地种田庄。
田产家业子孙受，亡者从今不还乡。
十辞十别辞去了，大家如同梦一场。

流泪眼观流泪眼，断肠人送断肠人。
要得见是难得见，只见堂前一张灵。

引魂童子前引路，开道将军送亡魂。
送往西方极乐国，身登莲台拜世尊。

不舍阴中弘誓愿，接引超凡路。
吾今称赞礼，唯愿慈悲垂加护。
愿亡魂，生净土。愿亡者，舍阎浮。
生净土，威灵不昧愿遥闻。

摇铃招亡魂，
以此金铃声招请，亡魂不昧愿遥闻。
仗凭三宝妙真言，此刻今时来赴会。
唵步步谛哩伽哩哆哩呾哆哩耶婆婆诃。
亡魂不昧愿遥闻。

报恩孝男恭对灵位。
初上明香，初声恸念。
二上明香，二声恸念。
三上明香，三声恸念。

恸念新故者，某某某魂下。
一魂二魂三魂七魄，七魄三魂。
一炷信香传达去，五方童子引魂来。
降赴灵筵，受今辞灵香迎请。

花幡迎，花幡招请。
人到七十古来稀，多少日月不常明。

未曾奏生先奏死，生死簿上有花名。
把笔文簿从头看，不能老少一齐行。

阎王注定三更死，决不留人到五更。
彭古少年八百岁，难免黄泉路上行。

花开花谢年年有，日月如梭催人老。
天地山河千古在，人生能有几十春。

叹亡不尽，今故招章。
以今当堂招请，新故亡者二位香魂。
唯愿——
三魂渺渺临法会，七魂茫茫降来临。
降赴灵筵，受今荐祭香迎请。

花幡迎，花幡招请。
人生不免见无常，个个临行手脚忙。
生前不肯信门路，死后知得在哪乡。
世上万般拿不去，一双空手见阎王。

叹亡不尽，今故招章。
以今当堂招请，新故亡者三位香魂。
唯愿——
三沐三熏三招请，一行一步一来临。
降赴灵筵，受今荐祭香迎请。

再运升天宝香，当堂招请。
招请新故亡者，某某某一位魂下。
一魂二魂三魂七魄，七魄三魂。
双手拨开生死路，反身跳出鬼门关。
三沐三熏三招请，一行一步一来临。
降赴灵筵，受今荐祭香招请。

初奠酒，一去永无踪。
何日相逢？除非纸上画真容。
要得相见不得见，梦里相逢。

初奠酒，奠亡魂，唯愿亡者降来临。
降来临，手持金杯把酒饮。
弥陀佛光来接引，接引亡魂往西行。

二奠酒，彭祖寿年长。
今白在何方？颜回二十四八少年亡。
三皇并五帝，难免无常。

二奠酒，奠新亡，唯愿新亡降丧堂。
降丧堂，手拿金杯把酒尝。
观音菩萨来接引，接引亡魂往西方。

三奠酒，瓜子土中埋。
长出苗儿来，青枝柳叶把花开。
花儿受尽千般苦，苦去甜来。

三奠酒，奠亡仙，唯愿亡仙降灵前。
降灵前，手持金杯把酒含。
地藏菩萨来接引，接引亡魂往西天。

亡者酒后听我言，听我今来说真情。
贵者不过黄金贵，亲者不过父母亲。

父母不亲是谁亲，不孝父母孝谁人。
十月怀胎娘辛苦，三年乳哺母殷勤。

一尺五寸娘生下，娘奔死来儿奔生。
父母恩情比天大，父母恩情如海深。

冬寻衣棉儿穿戴，夏避炎热找凉阴。
秋收收粮洒热汗，春破冰雪去深耕。

披星戴月尝尽苦，不为儿孙为谁人。
劳碌奔波持家业，千辛万苦为儿孙。

而今永别千秋去，生死离别从此分。
有气之日知亲故，死后哪知是谁人。

但过千百年之后，荒山土上坟堆坟。
风吹摇动坟上草，土堆乱石也伤心。

奉劝亡者宽心去，生死自古有注定。
阎王注定三更死，决不留人到五更。

阎王取人无老少，富贵贫贱也要行。
天地山河千古在，人生能有几十春。

花开花谢年年有，日月如梭催人老。
彭古少年八百岁，难免黄泉路上行。
不如宽心且自在，逍遥快乐上天庭。

献酒又献食，奉劝亡者领在手。
亡者领食归西去，孝门然后发千秋。

献酒食来又献馔，奉劝亡者把手端。
亡者把馔领过后，逍遥快乐往西天。

献酒献食加献烟，香烟渺渺敬亡灵。
亡魂把烟领过后，孝家然后大发兴。

献酒献食加献茶，酒食过后把茶饮。
亡者把茶饮过后，随佛超度往西行。

献食献茶加献箔，会会发燃奉亡者。
亡者途中得受用，金童引往极乐国。

三杯美酒已用完，用将红火化纸钱。
且问亡者何处用，西方路上做盘缠。

来也忙是去也忙，金童玉女一双双。
金童玉女来接引，接引亡魂往西方。

国开菀灼在西方，号作中天净饭王。
妙相端严周沙界，神通大放玉毫光。

来也仙是去也仙，金童玉女排两边。
金童玉女来接引，接引亡魂往西天。

阎浮作瑞新路染，慈波罗花体子香。
灼大昌生归仰久，茫茫苦海作慈航。

来也空是去也空，来来往往在空中。
来是左脚盘胎路，去往逍遥极乐宫。

六十甲子急如风，不知南北与西东。
秋旦日月如火速，花开能有几年红。

西方菩萨妙难论，手中拿本度亡经。
不度朝中官宰相，单度亡魂往西行。

大河浪里一只船，将来挽在亡魂边。
亡魂有缘皆得渡，不渡无缘渡有缘。
逍遥快乐上天庭。

起歌三杯祭奠酒，辞丧还要酒三樽。
这是人间大礼仪，舍割亲情上路行。

打开金壶一献酒，敬与新亡酒一巡。
新亡吃了一杯酒，抛开膝下子和孙。

打开银壶二献酒，敬与新亡酒二巡。
新亡吃了两杯酒，砍断青山望故人。

打开铜壶三献酒，敬与新亡酒三巡。
新亡吃了三杯酒，辞别阳间去归阴。

灵前奉献三杯酒，孝子举杯哭哀哀。
吃了三杯酒过后，从此一别不转身。

新亡莫吃空肚酒，灵前祭食口中尝。
八月洋荷拌子姜，口中回味像砂糖。

新亡吃了心肝肺，心甘要去见阎王。
阎王要把话来问，赦罪引亡往西方。

新亡吃了辞丧酒，上马行程风送云。
锣鼓沉沉来相送，西方极乐界超生。

宝剑兵书送刘备，胭脂水粉送佳人。
风来相送云和雨，锣鼓相送唱歌人。

孝子相送老母(父)亲，歌郎相送善心人。
来时清风并明月，去时棺椁内里存。

你这一去真心去，一时心想见阎王。
阎王赦你了无罪，一心一意往西方。

一辞东方甲乙木，乘震司春好风光。
甲乙木神称青帝，遂将青帝安东方。

二辞南方丙丁火，居离司夏日头长。
丙丁火神称赤帝，遂将赤帝安南方。

三辞西方庚辛金，当兑司秋最秋凉。
庚辛金神称白帝，遂将白帝安西方。

四辞北方壬癸水，乘坎司冬凛露霜。
壬癸水神称黑帝，遂将黑帝安北方。

五辞中央戊己土，位居中央当四方。
戊己土神称黄帝，遂将黄帝安中央。

五方龙神都安住，各安各位各归方。
又辞天来又辞地，辞别天地并三光。

还有诸亲要辞别，辞别诸亲恩难忘。
人生都靠师教育，此后不能沐恩光。

再辞金木水火土，生世不能缺一桩。
再将五行来辞别，辞别五行往西方。

正月辞丧辞别天，辞别天边月团圆。
月到十五光明好，西方登上极乐天。

大限临头万事休，今宵辞别去远游。
再不回来阳间地，西方路上无忧愁。

二月辞丧辞别地，辞别山中百草起。
草死来春可再发，可是人生不长期。

人无两度再少年，从此一去永不逢。
亡人今宵辞别去，尸消长眠坟墓中。

三月辞丧辞别光，辞别房中灯水光。
亡人今朝辞别去，灯火无油不久长。

四月辞丧辞别厨，辞别厨中灶君娘。
司命本是一家主，保佑全家坐安康。

初一十五上天堂，莫把恶言奏上苍。
亡人今宵辞别去，再不回来烧茶汤。

五月辞丧辞别堂，辞别福神祖宗堂。
祖宗在上叹一声，难保亡者命久长。

嗟叹后嗣归了阴，祖宗庇佑来相请。
亡人今宵辞别去，再不回来奉先亲。

六月辞丧辞儿女，今朝借口传真情。
儿女堂前痛肝心，养育恩情似海深。

从此思亲哪去寻，跪拜灵前泪淋淋。
亡人今宵辞别去，再不回来共话音。

七月辞丧辞别妻(夫)，恩爱夫妻两边分。
先师结发能长久，同餐同枕过光阴。

只想同偕到百岁，哪知一旦又分开。
亡人今宵辞别去，再不回来共枕眠。

八月辞丧辞别婿，婿女在此听言音。
夫妻还要相和顺，妻顺夫来家道兴。

女婿原是半边子，但愿你们相和顺。
亡人今宵辞别去，再不回来管你们。

九月辞丧辞别戚，亲戚朋友听言当。
送往人情亲义路，道路相逢话久长。

昔日共处友情深，早晚好似一家人。
亡人今宵辞别去，再不回来受人情。

十月辞丧辞地坪，辞别面前宽坪场。
亡人今宵辞别去，再不晒谷上粮仓。
十一月辞别田和地，田地本是养命物。
亡人今宵辞别去，交与子孙细耕作。

十二月辞别乡里邻，乡里乡亲是你们。
待人接物有差误，还望谅解宽宽心。

千拜托来万拜托，拜托邻居增增光。
亡人今宵辞别去，要学江湖流水长。

一年十二月辞完了，亡人快乐上西方。
佛祖一见新亡到，九品莲花放毫光。

自古阴间借屋住，阴司还是老屋场。
清明先期七月半，一年三次转凡阳。

年年有个清明日，子孙挂清上坟来。
你要回来亲领受，福禄寿星保佑全。

年年有个七月半，阎王放你转回来。
你要回来领包财，保佑子孙福寿全。

年年有个生期日，家中祭食摆满台。
你要回来亲领受，保佑儿孙大荣华。

第二部分　苗语歌

1.

阿吉腰——阿好好——阿好好

Ad jib yaod—ab haod haod—ab haod haod.

列够欧然浪萨，

Leb geub out rab nangd sead，

列扑欧龙浪度。

Leb pub out longb nangd dux.

列理欧从浪公，

Leb lid out congb nangb gongt，

列岔欧炯浪几。

Leb cheax out jiongb nangd jid.

欧然浪萨列够窝够，

Out rab nangd sead leb geub aot gout，

欧龙浪度列扑背柳。

Out longb nangb dux leb pub bid loud.

就共亚猛，

Jiux giongx yeax mengb，

就先亚挂。

Jiux xiand yeax guax.

那林拢单，

Liax liongs longb dand，

那休拢送。

Liax xut longb songx.

他陇莎尼那迷谷迷内，

Teax nongd seax nib nax mib guob mib net,

陀罗告写，

Tuob luob ghaob xied,

告走蒙内。

ghaob zeud mengb net.

神韵——

要唱两首的歌，要讲两轮的话。

要理两层的根，要寻两道的基。

两首的歌要唱源起，

两轮的话要说源头。

旧岁已去，新年已过。

大月来到，小月来临。

今日是某月某日某时，

日时皆晦，白日无光。

2.

阿标林休，

Ad bioud liongs xut,

产豆几没窝汝意记，

Cant dout jid meb aot rux yib jib,

首龙闹考达告竹鲁。

Sout nongb laox kaod dab ghaox zhus lux.

阿竹共让，

Ad zhus giongx rangx,

吧就几没窝汝以达，

Beax jiux jid meb aot rux yit dat,

首龙闹考达告竹嘴。

Sout nongb laox kaod dab ghaox zhus zuid.

内途提果呕擂，

Neb tux tib geut oud hlib,

比途香录香瓜。

Bit tux xiangt lub xiangt guat.

兄忙阿涌，

Xiongt mangb ad yongd,

拢忙阿够。

Longb mangb ad goux.

禾达香傩，

Aob dab xiangt nus,

禾这香瓜。

Aob zheux xiangt guat.

一家大小，千年没烧纸团糠香，铁刀钢锄大门之边。
一屋老幼，百载没焚蜂蜡糠烟，铁刀钢锄边门之内。
人戴白布孝服，头插菖蒲桃枝。
生竹一节，拆竹一筒。
菖蒲水盘，桃叶水碗。

3.

内腊梅到潮粮照几斗标，

Neb leas met daox zaox liangb zhaob jid doub bioud,

哈到潮香照几柔纵。

Head daox zaox xiangt zhaob jid roub zongb.

苟猛沙吾乖奶纵寿，

Goud mengb sheax wut gweit leit zongb sheut,

产棍几周，

Cant ghunt jid zhoub,

吧母几干。

Beax mub jid ganb.

尼干"林豆吉哈且首竹豆，

Nil ganb "liongl dout jib head quex sout zhus dout,

林且吉哈且闹康内"。

Liongt qued jib head quex laox kangd neb".

几且猛狗竹豆，

Jid qued mengb guoud zhus dout,

几且猛琶康内。

Jid qued mengb beax kangb neb.

且照否浪归先麻你冬豆，

Qued zhaob woub nangd guil xiand mab nil dongt dout，

且照否浪归木麻炯冬腊。

Qued zhaob woub nangd guil mub mab jiongx dongt leas.

信士取得香米从家中来，

拿得白米从家内来。

去照水碗大师坛头，

千神不出，百鬼不见。

只见"林豆放下的大限秤，

林且放下的大限钩"。

不称凡尘的大狗，不钩凡间的大猪。

称去他凡间气，

钩去他凡尘命。

4.

否浪标归召棍且猛，

Woub nangd bioud guil zhaob ghunt quet mengb，

且月召绒棍且猛。

Quex yueb zhaob rongb ghunt quet mengb.

标归油风油记，

Bioub guil youb fengt youb jid，

且月几图吉用。

Qued yueb jid tub jib yongx.

标归几没油久，

Bioub guil jid meb youb jiud，

且月几没油得。

Qued yueb jid meb youb deb.

窝鸟标先要卡，

Zaot niaob bioub xiand yaox keax，

图久标卡要绒。

Tub jiud bioub keax yaox rongs.

否叉奶先比包，

Woub chead leit xiand bid beub，

奶木比篓。

Leit mub bid loud.

久先比包，

Jiub xiand bid beub，

久木比篓。

Jiub xiand bid loud.

莎先比包，

Seax xiand bid beub，

莎木比篓。

Seax mub bid loud.

莎先洞久，

Seax xiand dongb jiub，

莎木洞达。

Seax mub dongb dab.

他的三魂被鬼钩去，七魄被神钩夫。

三魂飘凤飘气，七魄飞上飞下。

三魂不在肉体，七魄不附肉身。

嘴唇弱气少气，身体弱力少气。

他(她)才短气床头，短息床尾。

完气床头，完息床尾。

断气床头，断息床尾。

断气死了，断息死亡。

5.

几吼声昂白标，

Jib hout shongt ghangb beid bioud，

吉话声研白竹。

Jib huax shongt yuanb beid zhus.

冲豆冲斗几北苟虐，

Chongx dout chongx doub jid beid goud nus，
奈斗奈内几怕苟达。
Naix doub naix neb jid peat goud dab.
窝头莎先扛猛，
Aot toub seax xiand gangb mengb，
窝抗莎木扛会。
Aot kangx seax mub gangb huix.
几吼猛庆几竹，
Jib hout mengb qiongd jid zhus，
吉话猛炮几竹。
Jib huax mengb paox jid zhus.
纠金色头告几加莎，
Jiub gingb seid toub ghaox jid jiad sead，
谷金闹然告几加章。
Guob gingb laox rab ghaox jid jiad zhuangb.
浪样怕猛产豆，
Nangb yangb peax mengb cant dout，
阿散挂猛万就。
Ad sant guax mengb wanx jiux.

哭号之声满屋，哀号之声满门。
牵手牵臂分别凡间，
喊爹喊娘分离凡尘。
烧那纸钱送去，
焚那纸钱送别。
放响地铳震地，响那火炮震天。
九丈长矛报不了仇，
十丈尖刃雪不了恨。
这样别去千年，如此永别万载。

6.

度标否浪内林吉标，
Dud bioud woub nangd ned liongs jib bioud，

度竹否浪内共几竹。

Dud zhus woub nangd ned giongx jid zhus.

度标否浪阿剖吉标，

Dud bioud woub nangd at pout jib bioud,

度竹内浪阿公吉竹。

Dud zhus ned nangd ad gongt jid zhus.

度标否浪阿乜吉标，

Dud bioud woub nangd ad nias jib bioud,

度竹内浪阿婆吉竹。

Dud zhus neb nangd ad pob jid zhus.

度标否浪阿加吉标，

Dud bioud woub nangd ad jiat jib bioud,

度竹内浪阿骂吉竹。

Dud zhus neb nangd ad max jid zhus.

度标否浪阿娘吉标，

Dud biud woub nangd ad niangb jib bioud,

度竹内浪阿内吉竹。

Dud zhus neb nangd ab ned jid zhus.

度标否浪阿那吉标，

Dud bioud woub nangd ad nat jib bioud,

度竹内浪阿哥吉竹。

Dud zhus neb nangd ad geud jid zhus.

度标否浪得林吉标，

Dud bioud woub nangd det liongs jib bioud,

度竹内浪得章吉竹。

Dux zhus neb nangd det zhuangb jid zhus.

度标否浪得龙吉标，

Dud bioud woub nangd det longb jib bioud,

度竹内浪达嫂吉竹。

Dud zhus neb nangd dab saod jid zhus.

单内麻悄几白，

Dand net mab qiaot jid beit,

单虐麻加吉他。

Dand nus mab jiad jib tead.

窝松单标单斗,

Aot songt dand bioud dand deub,

窝他单纵单秋。

Aot teax dand zongb dand quix.

走召窝内麻寿几通,

Zoub zhaob aot net mab sheut jid tongt,

走召窝虐麻会几当。

Zoub zhaob aob nus mab huix jid dangx.

寿单内苟透绒,

Sheut dand ned goud tout rongb,

会送内公透便。

Huix songx ned gongt tout biat.

弄几腊赌几归,

Nongx jid leas dud jid guil,

吉鲁腊怕几当。

Jib nub leas peat jid dangb.

腊召窝松单得拢炯,

Leas zhaob aot songt dand deb longb jiongx,

莎召窝他单秋拢楼。

Seax zhaob aot teax dand quix longb loub.

主家他的家中大人,主人他的家内老人。
主家他的家中祖父,主人他的家内阿公。
主家他的家中奶奶,主人他的家内阿婆。
主家他的家中父亲,主人他的家内老爹。
主家他的家中母亲,主人他的家内阿娘。
主家他的家中老大,主人他的家内儿子。
主家他的家中儿媳,主人他的家内大嫂。
到了分离日子,到了永别时刻。
无常到家到户,阎王到宅到屋。
碰到路窄难通,遇到路断难行。
碰到分别难以跳过,遇到永别难以躲逃。

行到人生尽头，走到人生尽路。
怎么也推不掉，无力回天逃脱。
被那无常鬼来牵走，被那阎王鬼来捉去。

7.

没理拿苟腊扑几通，
Meb lid neab geud leas pub jid tongt，
没味拿绒腊怕几当。
Meb weid neab rongb leas peat jid dangx.
纠紧色头告几加萨，
Jiub giongd seid toub ghaib jid jiab seax，
谷紧色善告几加章。
Guob giongd seid shait ghaob jid jiab zhuangb.
麻林猛乖腊赌几归，
Mab liongs mengb gweit leas dud jid guib，
麻岭猛度腊怕几当。
Mab liongs mengb dub leas peat jid dangx.
几怕求猛冬绒，
Jid peat quix mengb dongt rongb，
吉江求闹冬棍。
Jib jiangb quix laox dongt ghunt.
几怕列猛产柔，
Jid peat leb mengb cant roub，
几江列猛万就。
Jid jiangb leb mengb wanx jiux.

有理如山也讲不通，有据如岭也说不到。
九尺长枪报不了冤，十丈梭镖报不了仇。
大官大员也躲不开，大富大贵也逃不脱。
分开要上阴间，分别要走黄泉。
分开分去千载，分别别去万年。

8.

久先列飘，

Jiub xiand leb peub,

久木列茶。

Jiub mub leb ceab.

列飘扛齐，

Leb peub gangb qit,

列茶扛明。

Leb ceab gangb miongb.

列飘嘎扛没齐冬豆，

Leb peub gead gangb meb kid dongt dout,

列茶嘎扛没迷冬腊。

Leb ceab gead gangb meb kid dongt leas.

内腊奈到阿奶得秋照几告苟，

Neb leas naix daox ad leit deb quix zhaob jid ghaob goud,

奈到阿图禾炯照几比让。

Naix daox ad tub aob jiongx zhaob jid bid rangb.

没到阿奶叫巴首照几竹，

Met daox ad leit jiaox bead sout zhaob jid zhus,

没到阿图叫巴闹照几康。

Met daox ad tub jiaox bead laox zhaob jid kangd.

猛单流哈，

Mengb dand liub heat,

会送流夯。

Huix songx liub hangd.

猛冬流青，

Mengb dongt liub qiongd,

会送流见。

Huix songx liub jianb.

没吾流哈，

Met wut liub heat,

岔吾流夯。

Cheax wut liub hangd.

没吾流青，

Met wut liub qiongd，

岔吾流见。

Cheax wut liub jianb.

没吾流哈到吾流哈，

Met wut liub heat daox wut liub heat，

没吾流夯到吾流夯。

Met wut liub hangd daox wut liub hangd.

没吾流青到吾流青，

Met wut liub qiongd daox wut liub qiongd，

没吾流见到吾流见。

Met wut liub jianb daox wut liub jianb.

没吾冬尼到吾冬尼，

Met wut dongt nieb daix wut dongt nieb，

没吾冬油到吾冬油。

Met wut dongt yub daox wut dongt yub.

没吾香傩到吾香傩，

Met wut xiangt niub daox wut xiangt niub，

没吾香瓜到吾香瓜。

Met wut xiangt guat daox wut xiangt guat.

几江长苟，

Jid jiangb changb goud，

吉共长公。

Jib giongx changb gongt.

断力要洗，断气要净。

要洗送洁，要净送好。

要洗去凡间的污腻，

要净去凡尘的污垢。

人们喊得一个舅表从村头来，

叫得一个舅爷从寨中来。

取得一个水罐从远方来，

拿得一个土罐从远处来。

取水井头，舀水井尾。
取水井中，舀水井内。
取牛脚印水，舀牛蹄印水。
取菖蒲叶水，舀桃枝叶水。
取水井头得水井头，
舀水井尾得水井尾。
取水井中得水井中，
舀水井内得水井内。
取牛脚印水得牛脚印水，
舀牛蹄印水得牛蹄印水。
取菖蒲叶水得菖蒲叶水，
舀桃枝叶水得桃枝叶水。
抬着回转，端着回来。

9.

会苟儿没儿白，
Huix goud jid meb jid beib,
走内儿没吉绕。
Zoub neb jid meb jib raox.
窝拔苟抓儿没吉夏，
Aob pead goud zhuab jid meb jib xiax,
窝浓苟尼儿没吉良。
Aob niongx goud nib jid meb jib liax.
锐锐长苟，
Ruit ruit changb goud,
让让长公。
Rangb rangb changb gongt.
长单儿得久格，
Changb dand jid deb jiud geib,
长送吉秋出列。
Changb songx jib quix chub leix.
内叉太扛吉章，
Neb chead tait gangb jib zhuangb,

太叫吉仇。

Tait jiaox jid choud.

太扛吉章苟秋内浪棍猛吉标，

Tait gangb jib zhuangb goud quix neb nangd ghunt mengx jib bioud，

太叫吉仇苟秋内浪棍达几竹。

Tait jiaox jib choud goud quix neb nangd ghunt dab jid zhus.

阿标林休，

Ad bioud liongs xut，

产豆几斗棍猛吉标。

Cant dout jid doub ghunt mengx jib bioud.

阿竹共让，

Ad zhus giongx rangx，

吧就几斗棍达几竹。

Beax jiux jid doub ghunt dab jid zhus.

茶他猛久，

Ceat teax mengb jiub，

弟然猛板。

Dix rab mengb banb.

香傩香瓜，

Xiangt niub xiangt guat，

苟拢几留打碗，

Geud longb jid liub dab wanb，

吉兄达叫。

Jib xiongd dab jiaox.

苟茶阿奶香先，

Geud ceat ad leit xiangt xiand，

苟茶阿图香西。

Geud ceat ad tub xiangt xid.

茶篓茶追，

Ceab neub ceab zhuix，

茶抓茶尼。

Ceab zhuab ceab nib.

茶目茶梅，

Ceab mub ceab meb,

茶豆茶斗，

Ceab dout ceab doub,

茶闹茶叫。

Ceab laot ceab jiaob.

茶齐尖尖，

Ceab qit jiand jiand,

飘明忙忙。

Peub miongb mangb mangb.

走路没有回头，行道没有返回。
女人右边没有让路，
男人左边没有让道。
急急回转，忙忙回来。
回到火坑之边，转到火塘之旁。
人们倒摆三脚，倒安鼎耳。
倒摆三脚，拿抵家中疾灾病难，
倒安鼎耳，拿抵屋内死灾亡神。
一家大小，千年没有疾灾病难。
一屋老幼，百载没有死灾亡神。
清泰祥和，安康吉利。
菖蒲桃叶，
拿来温在锅中，热在鼎内。
拿洗一个新亡，拿洗一位新故。
洗前洗后，洗左洗右。
洗脸洗面，洗臂洗手，洗腿洗脚。
洗得光光，擦得亮亮。

10.
茶见列章，
Ceab jianb leb zhuangt,
茶齐列拢。
Ceab qit leb longb.

列没欧先苟拢周牙，

Leb meb oud xiand geud longb zhoud yeab,

列岔欧西苟拢照羊。

Leb heax oud xid geud longb zhaob yangb.

查打斗标，

Chead dat doub bioud，

丧偷柔纵。

Sangd toud rout zongx.

内拿没到呕台补台呕雅吉炯阿得禾周，

Neb leas met daox out taib but taib oud yeab jib jiongx ad deb aob zheub,

没到呕偶补偶吉口吉炯阿得。

Met daox out ghub but ghub jib keud jib jiongx ad deb.

苟拢周牙内达，

Geud longb zhoud yeab neb dab，

照样内松。

Zhaob yangb neb songt.

周牙几尼哭秋，

Zhoud yeab jid nib kud quix，

照样几尼哭兰。

Zhaob yangb jid nib kud lab.

周牙扛否汝求冬棍，

Zhoud yeab gangb woub rux quix dongt ghunt，

照样扛否汝求冬棍。

Zhaob yangb gangb woub rux quix dongt ghunt.

扛否汝拢否浪向剖向娘，

Gangb woub rux longb woub nangd xiangt pout xiangt nias，

告加否浪向内向玛。

Ghaob jiab woub nangd xiangt ned xiangt max.

再列阿就阿兄那西，

Zaix leb ab jiux ad xiongt liax xid，

再斗阿就阿兄。

Zaix doub ab jiux ad xiongt.

谷见苟转照久，

Gub jianb geud zhuanb zhaob jiud,

谷汝苟奈照得。

Gub rux geud naix zhaob deb.

周牙攸攸，

Zhoud yeab youb youb,

照羊沙沙。

Zhaob yangb sheax sheax.

周牙最最，

Zhoud yeab zuib zuib,

照羊如汝。

Zhaob yangb rub rux.

扛包包牙，

Gangb beux deut yead,

首汉包油。

Soud hanx beut yub.

内拿喳喳出见纵猛告纵，

Neb leas chead chead chud jianb zongb mengb ghaot zongb,

仇仇出见纵达比秋。

Choux choux chud jianb zongb dab bid quix.

几排阿奶求达，

Jid paib ad leit quit dab,

吉共阿图求松。

Jib giongx ad tub qui songt.

江林纵猛告纵，

Jiangb liongs zongb mengb ghaot zongb,

江照纵达比秋。

Jiangb zhaob zongb dab bid quix.

洗了要穿，净了要装。

要取新衣取来穿上，要拿好衣拿来装扮。

揭开衣箱，打开衣柜。

人们取得两件三件单衣共是一根衣领，

两条三条单裤共是一条裤带。

拿来装扮新亡，装饰新故。
装扮不是走亲，装饰不是走戚。
装扮送他好去阴间，
装饰让他好赴黄泉。
让他好和他的祖公祖婆，
好跟他的祖母祖父。
还有一年一根的丝，一岁一根的线。
扭成一条腰索，搓成一根腰带。
穿得清清，装得楚楚。
穿得齐齐，装扮好好。
卧在单被，包在单布。
人们喳喳做成尸床柳板，
仇仇做成尸床柳床。
抬着一具死尸，端着一个亡人。
摆在尸床之中，放在柳板之上。

11.

包单纵猛比纵，

Beux dand zongb mengb bid zongb,

将单纵达比秋。

Jiangx dand zongb dab bid quix.

几单同同，

Jid dand tongb tongb,

吉涌沙沙。

Jib yongd sheax sheax.

窝斗中头，

Aob doub chongx teub,

到比图岭。

Daox bid tux liongt.

翁汉包达几如，

Wengd hanx beux dab jid rub,

包松吉柔。

Beux songt jib roub.

内腊窝汝得香得头，

Neb leas aot rux det xiangt det teub,

窝照苟达，

Aot zhaob goud dab,

哨照苟尼。

Saox zhaob goud nib.

出见阿奶禾苦，

Chud jianb ad leit aob kud,

苟照列楼崩瓦，

Geod zhaox leix noub bengb weat,

列弄崩刚。

Leb nongx bengb gangb.

补谷照偶禾干，

But guob zhaox ghub aob ganb,

补谷照洽禾周。

But guob zhaox qiad aob zhoub.

江林禾闹内达，

Jiangb liongs aob laot neb dab,

江照禾豆内松。

Jiangb zhaob aob doub neb songt.

求单几纵棍缪，

Quix dand jid zongb ghunt mioub,

江林几纵棍缪。

Jiangb liongs jid zongb ghunt mioub.

求送吉秋棍昂，

Quix songx jib quix ghunt ghangb,

江照吉秋棍昂。

Jiangb zhaob jib quix ghunt ghangb.

猛单衣留西向，

Mengb dand yid liub xid xiangt,

江林衣留西向。

Jiangb liongs yid liub xid xiangt.

求送意苟格补，

Quix songx yib goud gid bub,

江照意苟格补。

Jiangb zhaob yib goud gid bub.

向剖向娘,

Xiangt pout xiangt nias,

向内向玛。

Xiangt ned xiangt max.

埋你几没出突,

Maib nit jid meb chud tud,

埋焖几没。

Maib jiongx jid meb.

叉扛加绒包标拢仇,

Chead gang jiad rongb baob bioud longb cheub,

加棍包竹拢大。

Jiad ghunt baob zhus longb dax.

仇约锐照萨酒,

Cheub yod ruib zhaox sead jiud,

大约锐照萨列。

Dax yod ruib zhaob sead leix.

中柱下的死床,二柱下的尸床。

硬得直直,僵得冷冷。

手中拿纸,额上戴布。

盖那寿被成堆,盖那死被成沓。

人们烧好纸钱香烛,

烧在左边,供在右旁。

编成篾篓饭盒,

装樱花似的米,

椒花似的,

大颗粒的白米。

插三十六双筷,三十六只筷夹。

去到鱼神堂中,祭到鱼神堂中。

上到肉神堂内,供到肉神堂内。

去到祖先堂中，祭到祖先堂中。

上到祖宗堂内，供到祖宗堂内。

祖公祖婆，祖母祖父。

你们居不守家，坐不护宅。

才让无常鬼进家捉，

死亡神进户抓。

捉了才来敬魂，抓去才来供灵。

12.

冬豆林剖林娘，

Dongt dout liongs pout liongs nias,

冬腊林内林骂。

Dongt leas liongs ned liongs max.

内腊几最得棍得麻，

Neb leas jid zuib det ghunt det mab,

吉吾得拔得浓。

Jib wut det pead det niongx.

得谢得尾，

Det xiet det weid,

得秋得兰。

Det quix det lanb.

禾斗冲头，

Aob doub chongx teub,

禾豆冲香。

Aob doub choongx xiangt.

几最拢单苟达，

Jid zuib longb dand goud dab,

吉吾拢送苟尼。

Jib wut longb songx goud nib.

吉现苟达，

Jib xianx goud dab,

几瓦苟尼。

Jid weab goud nib.

吉现苟篓，

Jib xianx goud neub,

几瓦苟追。

Jid weab goud zhuix.

就——

Jiux—

补奶背叫补奶比，

But leit bid jiaob but leit bid,

奈布抓苟白吾格。

Naix bux zhaub goud beid wut giel.

三坐三有，

Sand zuob sand youd,

三拜九叩。

Sand banb jiud koux.

毕内苟毕蒙浪，

Bib neit geud bib mengb nangd,

毕虐苟毕蒙浪。

Bib nus geud bib mengb nangd.

苟毕阿内麻苦，

Geud bib ad net mab kut,

苟毕阿虐麻首。

Geud bib ad nus mab soud.

苟毕麻矮架够，

Geud bib mab ghat jiad geux,

苟毕麻江几虫。

Geud bib mab jiangb jid chongb.

爷爷奶奶最尊，爹妈父母最大。

人们聚齐孝男孝女，集合孝子孝孙。

孝郎孝婿，孝亲孝眷。

双手拿纸，双掌捧香。

聚齐来到您的左边，集合来临您的右旁。

围在左边，绕在右旁。

围在身前，绕在身后。

就——

双膝下跪三磕头，喊名叫字泪交流。

三哀三号，三拜九叩。

报恩报您深恩，赔情赔您大情。

拿报生育之恩，拿赔养育之情。

拿报吞苦之恩，拿赔喂甜之情。

13.

剖娘浓纵斗得不，

Pout nias niongb zongb doub deb bub,

内骂从汝斗得见。

Ned max congx rux doub deb jianb.

产柔腊不，

Cant roub leab bub,

吧就莎见。

Beax jiux seax jianb.

你虐列首，

Nil nus leb sout,

挂猛列排。

Guax mengb leb paib.

列首扛汝，

Leb sout gangb rux,

列排扛见。

Leb paib gangb jianb.

内腊出见班首班干，

Neb leas chud jianb band sout band gant,

班怕班图。

Band peax band tux.

苟装内奶求达，

Geud zhuangtned leit quit dab,

苟照阿图求松。

Geud zhaob ad tub quit songt.

苟装阿奶向先，

Geud zhuangt ad leit xiangt xiant,

苟照阿图向西。

Geud zhaox ad tux xiangt xid.

内在出见陇扎汝牙，

Neb zaix chud jianb liongt zheab rux yeab,

头放汝洋。

Teub fangx rux yangb.

再斗图书写容，

Zaix doub tux shut xied yongb,

书虐爬汝。

Shut nub beax rux.

便兰比长，

Biat lanb bid changb,

鸟善比缪。

Niaob shait bid mioux.

便抢照千，

Biat qiangd zhaob qiand,

便千照周。

Biat qiand zhaob zhoub.

再斗陀落乙苟，

Zaix doub tuob luob yib goud,

那巴乙公。

Liax beat yit gongt.

猛陇猛炯，

Mengb liongb mengb jiongd,

猛庆猛炮。

Mengb qiongd mengb paox.

几内几连，

Jid net jid lianb,

吉忙吉朋。

Jib mangx jib bengx.

莎尼毕内苟毕蒙浪，

Seax nib bib net geid bib mengb nangd,

毕虐苟毕蒙浪。

Bib nus geud bib mengb nangd.

苟毕阿内麻苦，

Geud bib ad net mab kut,

苟毕阿虐麻首。

Geud bib ad nus mab soud.

苟毕麻矮架够，

Geud bib mab ghat jiad geux,

苟毕麻江几虫。

Geud bib mab jiangb jid chongb.

苟毕麻矮架够，

Geud bib mab ghat jiad geux,

苟毕麻江几虫。

Geud bib mab jiangb jid chongb.

产豆几拢蒙浪从浓，

Cant dout jid longb mengb nangd congb niongb,

够柔几然蒙浪从汝。

Goub reub jid rab mengb nangd congb rux.

爷娘的深恩要报，父母的恩情要记。

千年永记，万代不忘。

生时要养，亡殁要葬。

要养送好，要葬送厚。

人们做成棺材棺木，寿木寿材。

拿装一具尸体，拿装一个亡人。

拿装一个新亡，拿装一位新故。

人再做成竹扎美样，纸糊好看。

再有祭奠白羊，奠献供猪。

肠肝肚肺，心肾脾胃。

五串六签，五筷六串。

吹味给您得喝，吹气敬您得吃。

还有鼓锣来打，长号来吹。

大锣大鼓，大铳大炮。

白天来响，夜晚来奏。

也是报恩拿报您的深恩，赔情拿赔您的大情。

拿报生育之恩，拿赔养育之情。

拿报吞苦之恩，拿赔喂甜之情。

14.

阿奶麻猛否猛产柔，

Ad let mab mengb woub mengb cant reub,

阿图麻挂否挂万就。

Ad tub mab guax woub guax wanx jiux.

内列克内苟两，

Neb leib kied net geud liangb,

排虐苟见。

Paib nus geud jianx.

克得苟安，

Kied deb geud ant,

岔得苟照。

Cheax deb geud zhaox.

内拿奈到江内寿虐，

Neb leab naix daox jiangb net sheux nus,

先松外郎。

Xiand songd waix langb.

先松外郎，

Xiand songd waix liangb,

达起没到崩力崩头，

Dab kix met daox bengb lib bengb teud,

崩头崩抗。

Bengb teud bengb kangx.

包莎拢你，

Baob seat longb nil,

包肥拢炯。

Baob feib longb jiongx.

龙锐久达,

Nongb ruit jiub dab,

龙列久这。

Nongb lex jiub zheux.

先松外郎,

Xiand songd waix liangb,

排内寿虐。

Paib net sheux nus.

照篓候蒙岔到补则汝苟,

Zhaob neub heux mengb cheax daox but zeib rux geub,

照追候蒙岔到补乔汝绒。

Zhaob zhuix heux mengb cheax daox but qiaob rux rongb.

岔到得话得旺,

Cheax daox deb huat deb wangb,

得兄得且。

Deb xiongd deb quex.

岔到打绒浪补,

Cheax daox dad rongb nangd bub,

达潮浪冬。

Dab zaox nangb dongt.

排到汝内,

Paib daox rux net,

寿到汝虐。

Sheux dax rux nus.

几排阿奶求达,

Jid paib ad leit quit dab,

吉共阿图求松。

Jib giongx ad tub quit songt.

江林补则孺明追苟,

Jiangb liongs but zeib rux miongb zhuix geub,

见照补乔孺虐追绒。

Jianb zhaob but qiaob rux nus zhuix rongb.

几篓吉木豆话,

Jid neub jib nus dout huat,

吉追吉木豆旺。

Jib zhuix jib mus dout wangt.

几篓吉木豆兄,

Jid neub jib mus dout xiongd,

吉追吉木豆且。

Jib zhuix jib mus dout quex.

几篓求爬,

Jid neub qub beab,

吉追求够。

Jib zhuix qub goub.

几篓求然,

Jid neub qub rab,

吉追求绕。

Jib zhuix qub raob.

汝楼汝中,

Rux lout rux zhongb,

汝中汝从。

Rux zhongb rux zongx.

一个新亡他去千年,一位新故他去万代。

人们要择日来埋,算日来葬。

看山来安,找地来藏。

人们喊得择日算时,先生外郎。

先生外郎他才取得择书算书,阴书历书。

进家来到,入户来临。

吃菜见碗,吃饭见盘。

先生外郎,择日算时。

往前把你找得三层好山,

往后把你寻得三层好岭。

找得发地旺地,温地热地。

龙脉好穴,风水宝地。

算得好日,择得好时。

抬着一副棺木，内装亡人尸体。
埋在三层青山后岭，葬在三重深山后坡。
坟头培上发土，墓顶培上旺土。
坟头培上温土，墓顶培上热土。
坟前栽松，墓后栽树。
坟前栽果树，墓后栽板栗。
好坟好穴，好墓好地。

15.
求苟浪内几炯长苟，

Quix geub liangb neb jit jiongt changb goud,

两内浪纵吉留长公。

Liangb net nangb zongb jid liub changb gongt.

内洽棍猛油长吉标，

Neb qieax ghunt mengt youb changb jib bioud,

再崩棍达油长吉竹。

Zaix bengb ghunt dab youb changb jid zhus.

列出禾达香傩苟岁，

Leb chud aob dab xiangt nub geud suit,

列岔窝达香瓜苟挡。

Leb cheax aob dab xiangt guat geud tangd.

喂斗得寿，

Web doub deb sheut,

斗抓冲到禾达香傩，

Doub zhuab chongx daox aob dab xiangt nub,

剖弄告得，

Bout nongx ghaot deb,

斗尼冲到禾达香瓜。

Doub nib chongx daox aob dab xiangt guat.

阿散呕散补散修单内浪达告竹鲁，

Ad sant out sant but sant xiut dand neb nangd dab ghaox zhus lut,

阿虐呕虐补虐修送内浪达告竹嘴。

Ad nus out nus but nus xiut songx neb nangd dab ghaox zhus zuid.

吧奈便告斗补，

Beax naix biat ghaox doub bub,

照告然冬。

Zhaox ghaox rab dongt.

棍缪棍昂，

Ghunt mioub ghunt ghangb,

得寿产娥棍空，

Deb sheut cant gheb ghunt kongt,

傩汝吧图棍得。

Nus rux beax tux ghunt det.

龙斗得寿阿苟，

Nongb doub deb sheut ad goud,

龙弄告得阿公。

Nongb nongx ghaot deb ad gongt.

香傩香瓜，

Xiangt nus xiangt guat,

要先几没苟擦内浪归先归得，

Yaox xiand jid meb geud ceab neb nangd guil xiand guil det,

要木几没苟擦内浪归木归嘎。

Yaox mus jid meb geud ceab neb nangd guil mus guil gead.

内浪先头转嘎虫兰，

Neb nangd xiand toub zhuanb gead chongb lan,

木汝奈拿虫兄。

Mus rux naix nab chongb xiongd.

上山的人一路回转，安葬的人一齐回来。

唯恐死神随人回转家中，恐怕死鬼跟人回来家内。

要用菖蒲法水来挡，要用桃叶法水来隔。

我本弟子，左手拿得菖蒲水筒。

吾这师郎，右手拿得桃叶水碗。

一番两番三番站到主家的门外坪场，

一次两次三次站临主人的门外坪地。

奉请五方土地，六面龙神，鱼神肉神，

高贵的千位祖师，尊敬的百位宗师。
和我弟子一路，与我师郎一道。
菖蒲桃叶之水，
少气没有来隔人家的好气儿气，
少息没有来隔人家的生息孙息。
人家的长气收在身中，长命缠在体内。

16.
香僬香瓜，

Xiangt niub xiangt guat,

列擦棍猛几扛长苟，

Leb ceab ghunt mengx jid gangb changb goud,

棍达几扛长公。

Ghunt dab jid gangb changb gongt.

召目目连，

Zhaob mub mub lianb,

召梅梅斗。

Zhaob meb meb doub.

召闹共闹，

Zhaob laol giongx laol,

召叫共叫。

Zhaob jiaob giongb jiaob.

召豆共豆，

Zhaob dout giongx dout,

召斗共斗。

Zhaob doub giongx doub.

召比共比，

Zhaob bid giongx bid,

召缪共缪。

Zhaob mioub giongx mioub.

呸！

Peit!

召吾香僬香瓜——

Zhaob wut xiangt niub xiangt guat—

棍猛儿白便苟，

Ghunt mengx jid beid biat goud，

棍达吉瓦照公。

Ghunt dab jib weab zhaob gongt.

棍拢苟达长猛苟达，

Ghunt longb goud dab changb mengb goud dab，

棍拢苟炯长猛苟炯。

Ghunt longb goud jiongx changb mengb goud jiongx.

棍拢哭内长猛哭内，

Ghunt longb kut ned changb mengb kut ned，

棍拢哭那长猛哭那。

Ghunt longb kut nat changb mengb kut nat.

菖蒲桃叶之水，

拿隔死鬼不准回道，亡神不准转路。

着脸脸烂，着面面破。

着脚烂脚，着腿烂腿。

着手烂手，着臂烂臂。

着头烂头，着耳烂耳。

呸！

着这菖蒲桃叶之水——

死鬼分散五路，亡神逃散六方。

鬼来左路回去左路，鬼来右道转去右道。

鬼来日洞回去日洞，鬼来月穴转去月穴。

（以上法语反复三次方可）

17.

吧奈炯那棍柔，

Bax naib jiongx nat gunt roub，

炯苟不穷。

Jiongb goud but qiongx.

炯奶炯中能岭，

Jiongb leit jiongb zhongb nongb liuongt,

炯图炯洽色头。

Jiongb tub jiongb qiad seid toub.

埋你冬板,

Maib nit dongt banb,

埋加首干。

Maib jiab sout gant.

埋炯告绒,

Maib jiongx gaob rongb,

埋加走敏。

Maib jiad zed miongb.

干然柔先,

Gant rab rout xiand,

兰麻柔甲。

Lanb mab roub jiab.

报标斗欺喂庆色容,

Baob bioud doub qud weib qiongt seid rongb,

报竹弄力喂将色猛。

Baob zhub nongx lib weib jiangx seid mengb.

奉请扫邪宗师, 驱魔官将。

七个七把绿刀, 七位七杆长枪。

你坐平地, 你镇妖气。

你坐高岭, 你镇邪精。

照见妖鬼, 扫除邪魔。

妖在家中要赶灭除, 魔在家内要扫灭绝。

18.

列出禾达香傩苟岁,

Leb chud aob dab xiangt nub geud suit,

列岔窝达香瓜苟挡。

Leb cheax aob dab xiangt guat geud tangd.

喂斗得寿,

Web doub deb sheut,

斗抓冲到禾达香傩,

Doub zhuab chongx daox aob dab xiangt nub,

剖弄告得,

Bout nongx ghaot deb,

斗尼冲到禾达香瓜。

Doub nib chongx daox aob dab xiangt guat.

阿散呕散补散修单内浪达告竹鲁,

Ad sant out sant but sant xiut dand neb nangd dab ghaox zhus lut,

阿虐呕虐补虐修送内浪达告竹嘴。

Ad nus out nus but nus xiut songx neb nangd dab ghaox zhus zuid.

吧奈便告斗补,

Beax naix biat ghaox doub bub,

照告然冬。

Zhaox ghaox rab dongt.

棍缪棍昂,

Ghunt mioub ghunt ghangb,

得寿产娥棍空,

Deb sheut cant gheb ghunt kongt,

傩汝吧图棍得。

Nus rux beax tux ghunt det.

龙斗得寿阿苟,

Nlongb doub deb sheut ad goud,

龙弄告得阿公。

Nlongb nongx ghaot deb ad gongt.

香傩香瓜,

Xiangt nus xiangt guat,

要先几没苟擦内浪归先归得,

Yaox xiand jid meb geud ceab neb nangd guil xiand guil det,

要木几没苟擦内浪归木归嘎。

Yaox mus jid meb geud ceab neb nangd guil mus guil gead.

内浪先头转嘎虫兰,

Neb nangd xiand toub zhuanb gead chongb lan,

木汝奈拿虫兄。

Mus rux naix nab chongb xiongd.

要用菖蒲法水来挡，要用桃叶法水来隔。

我本弟子，左手拿得菖蒲水筒，

吾这师郎，右手拿得桃叶水碗。

一番两番三番站到主家的门外坪场，

一次两次三次站临主人的门外坪地。

奉请五方土地，六面龙神，鱼神肉神，

高贵的千位祖师，尊敬的百位宗师。

和我弟子一路，与我师郎一道。

菖蒲桃叶之水，

少气没有来隔人家的好气儿气，

少息没有来隔人家的生息孙息。

人家的长气收在身中，长命缠在体内。

19.

香傩香瓜，

Xiangt niub xiangt guat,

列擦棍猛几扛长苟，

Leb ceab ghunt mengx jid gangb changb goud,

棍达几扛长公。

Ghunt dab jid gangb changb gongt.

召目目连，

Zhaob mub mub lianb,

召梅梅斗。

Zhaob meb meb doub.

召闹共闹，

Zhaob laol giongx laol,

召叫共叫。

Zhaob jiaob giongb jiaob.

召豆共豆，

Zhaob dout giongx dout,

召斗共斗。

Zhaob doub giongx doub.

召比共比，

Zhaob bid giongx bid,

召缪共缪。

Zhaob mioub giongx mioub.

呸！

Peit!

召吾香傩香瓜——

Zhaob wut xiangt niub xiangt guat—

棍猛几白便苟，

Ghunt mengx jid beid biat goud,

棍达吉瓦照公。

Ghunt dab jib weab zhaob gongt.

棍拢苟达长猛苟达，

Ghunt longb goud dab changb mengb goud dab,

棍拢苟炯长猛苟炯。

Ghunt longb goud jiongx changb mengb goud jiongx.

棍拢哭内长猛哭内，

Ghunt longb kut ned changb mengb kut ned,

棍拢哭那长猛哭那。

Ghunt longb kut nat changb mengb kut nat.

菖蒲桃叶之水，

拿隔死鬼不准回道，亡神不准转路。

着脸脸烂，着面面破。

着脚烂脚，着腿烂腿。

着手烂手，着臂烂臂。

着头烂头，着耳烂耳。

呸！

着这菖蒲桃叶之水——

死鬼分散五路，亡神逃散六方。

鬼来左路回去左路，鬼来右道转去右道。

鬼来日洞回去日洞，鬼来月穴转去月穴。

（以上法语须反复三次方可）

20.

阿标林休，

Ad bioud liuongb xut,

补豆你拢洽腊斩标斩斗，

But doub nit liongb qiax lab zanb bioud zanb deb,

炯拢洽腊斩纵斩秋。

Jiongx liongb qiax lab zanb zongb zanb quix.

斩标内腊加你，

Zanb bioud neib lab jiab nit,

斩纵内莎加炯。

Zanb zongb neib seax jiad jiongx.

洽没斗欺足吾，

Qiax meib doub qid zub wut,

洽没弄力共浓。

Qiax meib nongx lib giongx niongx.

水学苟岁列岁否白，

Shuit xuob goud suit lieb suit woub beib,

水学吉袍列岁否袍。

Shuit xuob jib baox lieb suit wub baox.

苟岁锐锐龙达见恩，

Goud suit ruit ruit longb dab jianb engb,

吉袍让让龙弄嘎格。

Jib baox rangx rangx longb nongx giad gieb.

加绒列记扛猛，

Jid rongb lieb jix gangb mengb,

加棍列压扛会。

Jiad gunt lieb yab gangb huix.

加绒列记扛齐，

Jiad rongb lieb jix gangb qit,

加棍列压扛叫。

Jiad gunt lieb yab gangb jiaob.

灾松苟岁扛热几久,

Zait songt Goud suit gangb reib jid jiub,

吧奈苟岁扛抓吉叫。

Bax naib Goud suit gangb zhuab jib jiaob.

几压扛否几斗得你,

Jid yab gangb woub jid doub deib nit,

吉记扛否几斗秋炯。

Jib jix gangb woub jid doub quix jiongx.

记兵猛竹,

Jix biongt mengb zhub,

压挂猛吹。

Yab guax mengb chuid.

记猛竹豆,

Jix mengb zhub dout,

记闹康内。

Jix laox kangd neib.

产豆几扛长苟,

Cant dout jid gangb changb goud,

吧就几扛长竹。

Bax jiux jid gangb changb zhub.

白久追拢阿标林休,

Beib jiub zhuix liongb ad bioud liuongb xut,

兄标长拢汝你,

Xiongd bioud changb liongb rux nit,

兄纵长拢汝炯。

Xiongd zongb changb liongb rux jiongx.

一家大小,

三年居来阴气侵入家宅,坐来寒气阴森家堂。

阴森主家怕居,冷清主人怕坐。

恐有鬼魅作恶,怕有邪魔作祟。

若不把它驱赶出来,若不将它驱散消散。

赶它急急随钱远走，驱它忙忙随纸远遁。

凶神要赶送去，恶鬼要赶送走。

凶神要赶送尽，恶鬼要赶送绝。

灾星翻送掉落完去，八难翻送脱走消除。

赶尽送它没有住处，赶完送它没有坐处。

赶出大门，押过楼门。

赶去天边，赶到地角。

千年不准回头，百年不许回门。

驱赶以后一家大小，旺屋转来好居，温宅转来好坐。

21.

苟岁照得九格，

Goud suit zhaox deib jiub gieb,

照秋出列。

Zhaox quix chud liex.

阿标林休，

Ad bioud liuongb xut,

补豆底斗洽腊几图，

But doub did deb qiax lab jid tub,

补就打标洽腊几格。

But jiux dab bioud qiax lab jid gieb.

洽没斗欺足吾，

Qiax meib doub qid zub wut,

洽没弄力共浓。

Qiax meib nongx lib giongx niongx.

水学苟岁列岁否白，

Shuit xuob goud suit lieb suit woub beib,

水学吉袍列岁否袍。

Shuit xuob jib baox lieb suit wub baox.

苟岁锐锐龙达见恩，

Goud suit ruit ruit longb dab jianb engb,

吉袍让让龙弄嘎格。

Jib baox rangx rangx longb nongx giad gieb.

加绒列记扛猛，

Jid rongb lieb jix gangb mengb，

加棍列压扛会。

Jiad gunt lieb yab gangb huix.

加绒列记扛齐，

Jiad rongb lieb jix gangb qit，

加棍列压扛叫。

Jiad gunt lieb yab gangb jiaob.

灾松苟岁扛热几久，

Zait songt Goud suit gangb reib jid jiub，

吧奈苟岁扛抓吉叫。

Bax naib Goud suit gangb zhuab jib jiaob.

几压扛否几斗得你，

Jid yab gangb woub jid doub deib nit，

吉记扛否几斗秋炯。

Jib jix gangb woub jid doub quix jiongx.

记兵猛竹，

Jix biongt mengb zhub，

压挂猛吹。

Yab guax mengb chuid.

记猛竹豆，

Jix mengb zhub dout，

记闹康内。

Jix laox kangd neib.

产豆几扛长苟，

Cant dout jid gangb changb goud，

吧就几扛长竹。

Bax jiux jid gangb changb zhub.

白久追拢阿标林休，

Beib jiub zhuix liongb ad bioud liuongb xut，

底斗长图，

Did deb changb tub，

标长格。

Bioud changb gieb.

打扫在煮酒处，在煮饭处。
一家大小，
三年烧火火也不燃，三载烧焰焰也不旺。
恐有鬼魅作恶，怕有邪魔作祟。
若不把它驱赶出来，若不将它驱散消散。
赶它急急随钱远走，驱它忙忙随纸远遁。
凶神要赶送去，恶鬼要赶送走。
凶神要赶送尽，恶鬼要赶送绝。
灾星翻送掉落完去，八难翻送脱走消除。
赶尽送它没有住处，赶完送它没有坐处。
赶出大门，押过楼门。
赶去天边，赶到地角。
千年不准回头，百年不许回门。
驱赶以后一家大小，烧火也燃，烧焰也旺。

22.
苟岁照得几关鲁楼，
Goud suit zhaob deib jid guanb liut noub,
照秋吉哈鲁弄。
Zhaob quix jib had liut nongx.
阿标林休，
Ad bioud liuongb xut,
标楼腊洽几见，
Bioud noub lab qiax jid jianb,
八弄腊洽几单。
Piab nongx lab qiax jid dand.
标猛打豆，
Bioud mengb dat dout,
几单产谷产够。
Jid dand cant guob cant gout.
八猛浪路，

Piab mengb nangb lux,

几单吧谷吧竹。

Jid dand bax guob bax zhub.

洽没斗欺足吾，

Qiax meib doub qid zub wut,

洽没弄力共浓。

Qiax meib nongx lib giongx niongx.

水学苟岁列岁否白，

Shuit xuob goud suit lieb suit woub beib,

水学吉袍列岁否袍。

Shuit xuob jib baox lieb suit wub baox.

苟岁锐锐龙达见恩，

Goud suit ruit ruit longb dab jianb engb,

吉袍让让龙弄嘎格。

Jib baox rangx rangx longb nongx giad gieb.

加绒列记扛猛，

Jid rongb lieb jix gangb mengb,

加棍列压扛会。

Jiad gunt lieb yab gangb huix.

加绒列记扛齐，

Jiad rongb lieb jix gangb qit,

加棍列压扛叫。

Jiad gunt lieb yab gangb jiaob.

灾松苟岁扛热几久，

Zait songt Goud suit gangb reib jid jiub,

吧奈苟岁扛抓吉叫。

Bax naib Goud suit gangb zhuab jib jiaob.

几压扛否几斗得你，

Jid yab gangb woub jid doub deib nit,

吉记扛否几斗秋炯。

Jib jix gangb woub jid doub quix jiongx.

记兵猛竹，

Jix biongt mengb zhub,

压挂猛吹。

Yab guax mengb chuid.

记猛竹豆，

Jix mengb zhub dout,

记闹康内。

Jix laox kangd neib.

产豆几扛长苟，

Cant dout jid gangb changb goud,

吧就几扛长竹。

Bax jiux jid gangb changb zhub.

白久追拢阿标林休，

Beib jiub zhuix liongb ad bioud liuongb xut,

标楼长见，

Bioud noub changb jianb,

八弄长单。

Piab nongx changb dand.

标猛打豆，

Bioud mengx dat dout,

猛单产谷产够，

Mengx dand cant guot cant gout,

八猛浪路，

Piab mengx nangb lux,

猛单吧谷吧竹。

Mengb dand bax guob bax zhub.

打扫在挂谷种的地方，在挂小米种的地方。
一家大小，
播谷也恐不生，播米也怕不长。
播去土中，不生千百千丛。
种去土内，不生百双百对。
恐有鬼魅作恶，怕有邪魔作祟。
若不把它驱赶出来，若不将它驱散消散。
赶它急急随钱远走，驱它忙忙随纸远遁。

凶神要赶送去，恶鬼要赶送走。

凶神要赶送尽，恶鬼要赶送绝。

灾星翻送掉落完去，八难翻送脱走消除。

赶尽送它没有住处，赶完送它没有坐处。

赶出大门，押过楼门。

赶去天边，赶到地角。

千年不准回头，百年不许回门。

驱赶以后一家大小，

播谷也生，撒米也长。

播去土中，去生千百千丛，

撒去土内，去生百双百对。

23.

苟岁召得首尼，

Goud suit zhaob deib soub nieb，

召秋首油。

Zhaob quix soud yub.

阿标林休，

Ab bioud liuongb xut，

补豆首尼几林，

Bub dout soud nieb jid liuongb，

补优首油几壮。

Bub youb soud yub jid zhuangb.

洽没斗欺足吾，

Qiax meib doub qid zub wut，

洽没弄力共浓。

Qiax meib nongx lib giongx niongx.

水学苟岁列岁否白，

Shuit xuob goud suit lied suit woub beib，

水学吉袍列岁否袍。

Shuit xuob jib baox lieb suit wub baox.

苟岁锐锐龙达见恩，

Goud suit ruit ruit longb dab jianb engb，

吉袍让让龙弄嘎格。

Jib baox rangx rangx longb nongx giad gieb.

加绒列记扛猛，

Jid rongb lieb jix gangb mengb，

加棍列压扛会。

Jiad gunt lieb yab gangb huix.

加绒列记扛齐，

Jiad rongb lieb jix gangb qit，

加棍列压扛叫。

Jiad gunt lieb yab gangb jiaob.

灾松苟岁扛热几久，

Zait songt Goud suit gangb reib jid jiub，

吧奈苟岁扛抓吉叫。

Bax naib Goud suit gangb zhuab jib jiaob.

几压扛否几斗得你，

Jid yab gangb woub jid doub deib nit，

吉记扛否几斗秋烔。

Jib jix gangb woub jid doub quix jiongx.

记兵猛竹，

Jix biongt mengb zhub，

压挂猛吹。

Yab guax mengb chuid.

记猛竹豆，

Jix mengb zhub dout，

记闹康内。

Jix laox kangd neib.

产豆几扛长苟，

Cant dout jid gangb changb goud，

吧就几扛长竹。

Bax jiux jid gangb changb zhub.

白久追拢阿标林休，

Beib jiub zhuix liongb ad bioud liuongb xut，

首尼长林，

Soud nieb changb liuongb,
首油长壮。
Soud yub changb zhuangb.

打扫在喂水牯的栏中，在养黄牛的栏内。
一家大小，
三年养水牯不大，三载饲黄牛不肥。
恐有鬼魅作恶，怕有邪魔作祟。
若不把它驱赶出来，若不将它驱散消散。
赶它急急随钱远走，驱它忙忙随纸远遁。
凶神要赶送去，恶鬼要赶送走。
凶神要赶送尽，恶鬼要赶送绝。
灾星翻送掉落完去，八难翻送脱走消除。
赶尽送它没有住处，赶完送它没有坐处。
赶出大门，押过楼门。
赶去天边，赶到地角。
千年不准回头，百年不许回门。
驱赶以后一家大小，养水牯也大，饲黄牛也肥。

24.

苟岁照得首公，
Goud suit zhaob deib soud gongt,
照秋首莽。
Zhaob quix soud mangb.
阿标林休，
Ab bioud liuongb xut,
补豆首公几林，
Bub dout soud gongt jid liuongb,
补就首忙几壮。
But jiux soud mangb jid zhuangb.
首公见汉吾滚，
Soud gongt jianb hanx wut giongt,
首忙腊尼吾共。

Soud mangb lab nib wut giongx.

洽没斗欺足吾,

Qiax meib doub qid zub wut,

洽没弄力共浓。

Qiax meib nongx lib giongx niongx.

水学苟岁列岁否白,

Shuit xuob goud suit lieb suit woub beib,

水学吉袍列岁否袍。

Shuit xuob jib baox lieb suit wub baox.

苟岁锐锐龙达见恩,

Goud suit ruit ruit longb dab jianb engb,

吉袍让让龙弄嘎格。

Jib baox rangx rangx longb nongx giad gieb.

加绒列记扛猛,

Jid rongb lieb jix gangb mengb,

加棍列压扛会。

Jiad gunt lieb yab gangb huix.

加绒列记扛齐,

Jiad rongb lieb jix gangb qit,

加棍列压扛叫。

Jiad gunt lieb yab gangb jiaob.

灾松苟岁扛热几久,

Zait songt Goud suit gangb reib jid jiub,

吧奈苟岁扛抓吉叫。

Bax naib Goud suit gangb zhuab jib jiaob.

几压扛否几斗得你,

Jid yab gangb woub jid doub deib nit,

吉记扛否几斗秋炯。

Jib jix gangb woub jid doub quix jiongx.

记兵猛竹,

Jix biongt mengb zhub,

压挂猛吹。

Yab guax mengb chuid.

记猛竹豆，

Jix mengb zhub dout，

记闹康内。

Jix laox kangd neib.

产豆儿扛长苟，

Cant dout jid gangb changb goud，

吧就儿扛长竹。

Bax jiux jid gangb changb zhub.

白久追拢阿标林休，

Beib jiub zhuix liongb ad bioud liuongb xut，

首公长林，

Soud gngt changb liuongb，

首莽长壮。

Soud mangb changb zhuangb.

打扫在喂蚕儿的地方，在养蚕虫的地方。
一家大小，
三年养蚕不大，三载养虫不肥。
养蚕烂成黄水，养虫成那烂水。
恐有鬼魅作恶，怕有邪魔作祟。
若不把它驱赶出来，若不将它驱散消散。
赶它急急随钱远走，驱它忙忙随纸远遁。
凶神要赶送去，恶鬼要赶送走。
凶神要赶送尽，恶鬼要赶送绝。
灾星翻送掉落完去，八难翻送脱走消除。
赶尽送它没有住处，赶完送它没有坐处。
赶出大门，押过楼门。
赶去天边，赶到地角。
千年不准回头，百年不许回门。
驱赶以后一家大小，养蚕也大，养虫也肥。

25.

苟岁照得炯料，

Jid beid zhaob deib jiongb liaot，

照秋炯常。

Zhaob quix jiongb changb.

潮录洽腊禾台大温，

Zaox lub qiax lab aot taib dat wengt,

潮弄洽腊禾提达笑。

Zaox nongx qiax lab aob tix dab xiaox.

洽没斗欺足吾，

Qiax meib doub qid zub wut,

洽没弄力共浓。

Qiax meib nongx lib giongx niongx.

水学苟岁列岁否白，

Shuit xuob goud suit lieb suit woub beib,

水学吉袍列岁否袍。

Shuit xuob jib baox lieb suit wub baox.

苟岁锐锐龙达见，

Goud suit ruit ruit longb dab jianb,

吉袍让让龙弄嘎格。

Jib baox rangx rangx longb nongx giad gieb.

加绒列记扛猛，

Jid rongb lieb jix gangb mengb,

加棍列压扛会。

Jiad gunt lieb yab gangb huix.

加绒列记扛齐，

Jiad rongb lieb jix gangb qit,

加棍列压扛叫。

Jiad gunt lieb yab gangb jiaob.

灾松苟岁扛热几久，

Zait songt goud suit gangb reib jid jiub,

吧奈苟岁扛抓吉叫。

Bax naib goud suit gangb zhuab jib jiaob.

几压扛否几斗得你，

Jid yab gangb woub jid doub deib nit,

吉记扛否几斗秋炯。

Jib jix gangb woub jid doub quix jiongx.

记兵猛竹，

Jix biongt mengb zhub，

压挂猛吹。

Yab guax mengb chuid.

记猛竹豆，

Jix mengb zhub dout，

记闹康内。

Jix laox kangd neib.

产豆几扛长苟，

Cant dout jid gangb changb goud，

吧就几扛长竹。

Bax jiux jid gangb changb zhub.

白久追拢阿标林休，

Beib jiub zhuix liongb ad bioud liuongb xut，

潮录几没禾台大温，

Zaox lub jid meib aot taib dat wengt，

潮弄几没禾提达笑。

Zaox nongx jid meib aob tix dab xiaox.

打扫舂碓之所，舀米之处。

糯米跳在簸中，小米跳在筛内。

恐有鬼魅作恶，怕有邪魔作祟。

若不把它驱赶出来，若不将它驱散消散。

赶它急急随钱远走，驱它忙忙随纸远遁。

凶神要赶送去，恶鬼要赶送走。

凶神要赶送尽，恶鬼要赶送绝。

灾星翻送掉落完去，八难翻送脱走消除。

赶尽送它没有住处，赶完送它没有坐处。

赶出大门，押过楼门。

赶去天边，赶到地角。

千年不准回头，百年不许回门。

驱赶以后一家大小，糯米不再跳在簸中，小米不再跳在筛内。

26.

苟岁照得没碗禾皂，

Jid beid zhaob deib meib wand aot zaot，

照秋没借禾碗。

Zhaob quix meib jiex aob wanb.

照得偶碗禾皂，

Zhaob deib oub wanb aot zaot

照秋偶借禾碗。

Zhaob quix oub jiex aob wanb.

洽没斗欺足吾，

Qiax meib doub qid zub wut，

洽没弄力共浓。

Qiax meib nongx lib giongx niongx.

水学苟岁列岁否白，

Shuit xuob goud suit liet suit woub beib，

水学吉袍列岁否袍。

Shuit xuob jib baox lieb suit wub baox.

苟岁锐锐龙达见恩，

Goud suit ruit ruit longb dab jianb engb，

吉袍让让龙弄嘎格。

Jib baox rangx rangx longb nongx giad gieb.

加绒列记扛猛，

Jid rongb lieb jix gangb mengb，

加棍列压扛会。

Jiad gunt lieb yab gangb huix.

加绒列记扛齐，

Jiad rongb lieb jix gangb qit，

加棍列压扛叫。

Jiad gunt lieb yab gangb jiaob.

灾松苟岁扛热几久，

Zait songtgoud suit gangb reib jid jiub，

吧奈苟岁扛抓吉叫。

Bax naib goud suit gangb zhuab jib jiaob.

几压扛否几斗得你，

Jid yab gangb woub jid doub deib nit,

吉记扛否几斗秋炯。

Jib jix gangb woub jid doub quix jiongx.

记兵猛竹，

Jix biongt mengb zhub,

压挂猛吹。

Yab guax mengb chuid.

记猛竹豆，

Jix mengb zhub dout,

记闹康内。

Jix laox kangd neib.

产豆儿扛长茍，

Cant dout jid gangb changb goud,

吧就儿扛长竹。

Bax jiux jid gangb changb zhub.

白久追拢阿标林休，

Beib jiub zhuix liongb ad bioud liuongb xut,

产豆儿没没碗禾皂，

Cant dout jid meib meib wanb aot zaot,

吧就儿没没借禾碗。

Bax jiux jid meib meib jiex aob wanb.

产豆儿没偶碗禾皂，

Cant dout jid meib oub wanb aot zaot,

吧就儿没偶借禾碗。

Bax jiux jid meib oub jiex aob wanb.

打扫在厨房怪响，灶房怪异。

锅房凶兆，甑房凶怪。

恐有鬼魅作恶，怕有邪魔作祟。

若不把它驱赶出来，若不将它驱散消散。

赶它急急随钱远走，驱它忙忙随纸远遁。

凶神要赶送去，恶鬼要赶送走。

凶神要赶送尽，恶鬼要赶送绝。

灾星翻送掉落完去，八难翻送脱走消除。

赶尽送它没有住处，赶完送它没有坐处。

赶出大门，押过楼门。

赶去天边，赶到地角。

千年不准回头，百年不许回门。

驱赶以后一家大小，厨房没有怪响，

灶房没有怪异，锅房没有凶兆，甑房没有凶怪。

27.

苟岁照得纵猛窝吹，

Jid beid zhaob deib zongb mengb aob chuid,

照秋纵豆窝绒。

Zhaob quix zongb deb aob rongb.

见猛楼豆儿没咱休，

Jianb mengb loub dout jid meib zad xut,

见豆楼越儿没咱汝。

Jianb dout loub jid meib zad rux.

服嘎儿没浪夏，

Fub giax jid meib nangb xiax,

服将儿没浪汝。

Fub jiangx jid meib nangb rux.

洽没斗欺足吾，

Qiax meib doub qid zub wut,

洽没弄力共浓。

Qiax meib nongx lib giongx niongx.

水学苟岁列岁否白，

Shuit xuob goud suit leib suit woub beib,

水学吉袍列岁否袍。

Shuit xuob jib baox lieb suit wub baox.

苟岁锐锐龙达见恩，

Goud suit ruit ruit longb dab jianb engb,

吉袍让让龙弄嘎格。

Jib baox rangx rangx longb nongx giad gieb.

加绒列记扛猛，

Jid rongb lieb jix gangb mengb，

加棍列压扛会。

Jiad gunt lieb yab gangb huix.

加绒列记扛齐，

Jiad rongb lieb jix gangb qit，

加棍列压扛叫。

Jiad gunt lieb yab gangb jiaob.

灾松苟岁扛热几久，

Zait songt goud suit gangb reib jid jiub，

吧奈苟岁扛抓吉叫。

Bax naib goud suit gangb zhuab jib jiaob.

几压扛否几斗得你，

Jid yab gangb woub jid doub deib nit，

吉记扛否几斗秋炯。

Jib jix gangb woub jid doub quix jiongx.

记兵猛竹，

Jix biongt mcngb zhub，

压挂猛吹。

Yab guax mengb chuid.

记猛竹豆，

Jix mengb zhub dout，

记闹康内。

Jix laox kangd neib.

产豆几扛长苟，

Cant dout jid gangb changb goud，

吧就几扛长竹。

Bax jiux jid gangb changb zhub.

白久追拢阿标林休，

Beib jiub zhuix liongb ad bioud liuongb xut，

水报水休长拢汝苟猛豆，

Shuit bex shuit xiud changb liongb rux goud mengt dout，

水休水汝长拢汝公猛炯。

Shuit xiud shuit rux changb liongb rux gongt mengt jiongx.

打扫在这病床之所，在这病榻之处。
病成日久没有见好，病患多时没有见愈。
良医久治不好，良药久治不愈。
恐有鬼魅作恶，怕有邪魔作祟。
若不把它驱赶出来，若不将它驱散消散。
赶它急急随钱远走，驱它忙忙随纸远遁。
凶神要赶送去，恶鬼要赶送走。
凶神要赶送尽，恶鬼要赶送绝。
灾星翻送掉落完去，八难翻送脱走消除。
赶尽送它没有住处，赶完送它没有坐处。
赶出大门，押过楼门。
赶去天边，赶到地角。
千年不准回头，百年不许回门。
驱赶以后一家大小，
疾病自然康复快快好转，病患自己康复快快痊愈。

28.

苟岁照得出格，
Jid beid zhaob deib chud guenb,
阿汉阿秋出怪。
Ad hanx ad quix chud guaib.
出格扛内克咱，
Chud guenb gangb neib kied zad,
出怪扛内克干。
Chud guaib gangb neib kied ganb.
出格扛内走巧，
Chud guenb gangb neib zoub qiaot,
出怪扛内走咱。
Chud guaib gangb neib zoud zad.
打便出汉产谷产格，

Dat biant chud hanx cant guob cant guenb,

打豆出汉吧谷吧怪。

Dat dout chud hanx bax guob bax guaib,

几内加目加梅，

Jid neit jid mub jiad meib,

吉忙加皮加细。

Jib mangb jid bix jiad xix.

洽没斗欺足吾，

Qiax meib doub qid zub wut,

洽没弄力共浓。

Qiax meib nongx lib giongx niongx.

水学苟岁列岁否白，

Shuit xuob goud suit lieb suit woub beib,

水学吉袍列岁否袍。

Shuit xuob jib baox lieb suit wub baox.

苟岁锐锐龙达见恩，

Goud suit ruit ruit longb dab jianb engb,

吉袍让让龙弄嘎格。

Jib baox rangx rangx longb nongx giad gieb.

加绒列记扛猛，

Jid rongb lieb jix gangb mengb,

加棍列压扛会。

Jiad gunt lieb yab gangb huix.

加绒列记扛齐，

Jiad rongb lieb jix gangb qit,

加棍列压扛叫。

Jiad gunt lieb yab gangb jiaob.

灾松苟岁扛热几久，

Zait songt goud suit gangb reib jid jiub,

吧奈苟岁扛抓吉叫。

Bax naib goud suit gangb zhuab jib jiaob.

几压扛否几斗得你，

Jid yab gangb woub jid doub deib nit,

吉记扛否几斗秋炯。

Jib jix gangb woub jid doub quix jiongx.

记兵猛竹，

Jix biongt mengb zhub,

压挂猛吹。

Yab guax mengb chuid.

记猛竹豆，

Jix mengb zhub dout,

记闹康内。

Jix laox kangd neib.

产豆几扛长苟，

Cant dout jid gangb changb goud,

吧就几扛长竹。

Bax jiux jid gangb changb zhub.

打扫在这作蛊之所，在这作怪之处。

作蛊让人看到，作怪让人看见。

作蛊让人染灾，作怪让人祸害。

天怪作来千样千种，地怪作来百种百样。

白天恶影恶现，晚上噩梦恶幻。

恐有鬼魅作恶，怕有邪魔作祟。

若不把它驱赶出来，若不将它驱散消散。

赶它急急随钱远走，驱它忙忙随纸远遁。

凶神要赶送去，恶鬼要赶送走。

凶神要赶送尽，恶鬼要赶送绝。

灾星翻送掉落完去，八难翻送脱走消除。

赶尽送它没有住处，赶完送它没有坐处。

赶出大门，押过楼门。

赶去天边，赶到地角。

千年不准回头，百年不许回门。

29.

苟岁召得到章到莎，

Jid beid zhaob deib daox zhuangb daox sead,

召秋到吉白吉袍。

Zhaob quix daox jib beid jib baox.

几穷得章吉达走巧,

Jid giuongb deit zhuangb jib dab zoub qiaot,

吉袍得萨吉判走加。

Jib baox deib sax jib pant zoub jiad.

就达薛见几连吉判,

Jiut dab xied jianb jid lianb jib pand,

就挂袍嘎几满吉龙。

Jiux guax baox giad jid mianb jid liuongb.

几到阿内麻总,

Jid daox ad neit mab zongt,

几到阿虐麻在。

Jid daox ad niub mab zaib.

洽没斗欺足吾,

Qiax meib doub qid zub wut,

洽没弄力共浓。

Qiax meib nongx lib giongx niongx.

水学苟岁列岁否白,

Shuit xuob goud suit lieb suit woub beib,

水学吉袍列岁否袍。

Shuit xuob jib baox lieb suit wub baox.

苟岁锐锐龙达见恩,

Goud suit ruit ruit longb dab jianb engb,

吉袍让让龙弄嘎格。

Jib baox rangx rangx longb nongx giad gieb.

加绒列记扛猛,

Jid rongb lieb jix gangb mengb,

加棍列压扛会。

Jiad gunt lieb yab gangb huix.

加绒列记扛齐,

Jiad rongb lieb jix gangb qit,

加棍列压扛叫。

Jiad gunt lieb yab gangb jiaob.

灾松苟岁扛热几久，

Zait songt goud suit gangb reib jid jiub,

吧奈苟岁扛抓吉叫。

Bax naib goud suit gangb zhuab jib jiaob.

几压扛否几斗得你，

Jid yab gangb woub jid doub deib nit,

吉记扛否几斗秋炯。

Jib jix gangb woub jid doub quix jiongx.

记兵猛竹，

Jix biongt mengb zhub,

压挂猛吹。

Yab guax mengb chuid.

记猛竹豆，

Jix mengb zhub dout,

记闹康内。

Jix laox kangd neib.

产豆几扛长苟，

Cant dout jid gangb changb goud,

吧就几扛长竹。

Bax jiux jid gangb changb zhub.

打扫官牙之灾，还有口嘴之难。

出这官非惹来祸事，染出口嘴惹出祸害。

年来失财破米接连，月来破耗不断发生。

没有一天安宁，没有一日清泰。

恐有鬼魅作恶，怕有邪魔作祟。

若不把它驱赶出来，若还不驱散它消散。

赶它急急随钱远走，驱它忙忙随纸远遁。

凶神要赶送去，恶鬼要赶送走。

凶神要赶送尽，恶鬼要赶送绝。

灾星翻送掉落完去，八难翻送脱走消除。

赶尽送它没有住处，赶完送它没有坐处。

赶出大门，押过楼门。

赶去天边，赶到地角。

千年不准回头，百年不许回门。

30.

斗妻列读几齐，

Doub qud lieb dub jid qit,

弄力列他吉叫。

Nongx lib lieb ntad jib jiaob.

读约再读几久吉够，

Dub yod zaix dub jid jiub jid goub,

他约再他几嘎吉八。

Tad yod zaix tad jid giat jib bad.

读约列扛头炯头高，

Dub yod lieb gangb toub jiongb toub gaod,

他约列扛头久头得。

Tad yod lieb gangb toub jiut toub deib,

读约列扛则鲁则炯，

Dux yod lieb gangb zeit lux zeib jiongb,

他约列扛则齐则叫。

Tad yod lieb gangb zeid qib zeid jiaob.

列他——

Lieb tad—

服吾服召嘎冬尼，

Fud wut fud zhaob giad dongt neib,

服斗服召嘎冬油。

Fud dout fud zhaob giad dongt yub.

斗冲冲召窝边葡，

Doub chongx chongx zhaob aot biand put,

冲边冲召窝边奶。

Chongx biad chongx zhaob aob biad leid.

炯照补浓猛头莎，

Jiongx zhaob but niongb mengb toub sead,

冲到花连哭炯走。

Chongx daox huad lianb kux jiongx zoub.

没内几到内拢酷,

Meib neib jid daox neid liongb kut,

没骂几到骂拢首。

Meib max jib daox max liongb soud.

斗妻嘎你龙标龙斗,

Doub qud giad nit longb bioud longb deb,

弄力嘎炯龙纵龙秋。

Nongx lib giad jiongx longb zongb longb quid.

嘎你千兔,

Giad nit qiant miant,

嘎炯千乖。

Giad jiongx qiant gweit.

嘎你千图,

Giad nit qiant tub,

嘎炯千陇。

Giad jiongx qiant liongd.

嘎你禾突潮录麻果,

Giad nit aot tud zaox lub mab giuet,

嘎炯禾痛潮弄麻明。

Giad jiongx aot tongx zaox nongx mab miongb.

嘎你禾矮昂肖,

Giad nit aot angb ghangb xiaot,

嘎炯禾纵酒共。

Giad jiongx aot zongb jiud giongx.

几猛走比麻八,

Jid mengb zoub bid mab bad,

斗冲蒙嘎半弟,

Doub chongt mengb giax banb dib,

斗尼锐蒙吉仰。

doub nib ruib mengb jib yangd.

扛蒙召半楼腊楼嘎,

Gangb mengb zhaob banb loub lab loub giad,

召共楼猛楼浓。

Zhaob giongx loub mengb loub niongx.

扛蒙产豆腊长几单号弄板纵,

Gangb mengb chant dout lab changb jid dand haox nongd band zongb,

扛蒙吧旧腊长几送号弄板秋。

Gangb mengb bax jiux lab changb jid songx haox nongd banb quid.

魑魅要灭彻底,魍魉要杀干净。

灭了再灭完全彻底,杀了再杀全部干净。

灭了要灭断根断苑,杀了要杀烂体烂身。

灭了要灭魑魅之种,杀了要杀魍魉之苗。

要灭——

吃水吃着牛蹄水,吃汤吃着牛脚汤。

拿木拿着腐朽木,拿棍拿着短拐棍。

坐着草把烤糠火,手拿铧镰挖草根。

有娘没得娘来养,有爹没得爹来育。

鬼魅莫在屋角房角,邪魔莫坐房角宅角。

莫躲楼上,莫藏楼脚。

莫在穿枋,莫坐牌坊。

莫躲糯米白米桶中,莫藏小米亮米桶内。

莫躲酸肉坛里,莫藏酸鱼罐内。

不走抓发打脸,打出大门之外,右手提你翻滚。

送你滚坪烂土烂泥,滚坡烂杂烂草。

送你千年也回不转这里家堂,送你百岁也回不转此间家殿。

31.

斗妻列读几齐,

Doub qud lieb dub jid qit,

弄力列他吉叫。

Nongx lib lieb ad jib jiaob.

读约再读几久吉够,

Dub yod zaix dub jid jiub jid goub，

他约再他几嘎吉八。

Tad yod zaix tad jid giat jib bad.

读约列扛头炯头高，

Dub yod lieb gangb toub jiongb toub gaod，

他约列扛头久头得。

Tad yod lieb gangb toub jiut toub deib，

读约列扛则鲁则炯，

Dux yod lieb gangb zeit lux zeib jiongb，

他约列扛则齐则叫。

Tad yod lieb gangb zeid qib zeid jiaob.

列他——

Lieb tad—

列乖涨吾拢不，

Lieb gweit zhangb wut liongb bub，

瓜苟拢特。

Guax geb liongb teix.

吾滚不猛得从，

Wut gunb bub mengb deib congt，

吾穷不猛得闹。

Wut qiongx bub mengb deib laox.

背苟葡干葡内，

Beid goub pub ganb pub neix，

背绒葡柔葡紧。

Beid rongb pub rout pub giongd

拍夯闹豆，

Peit hangb laox dout，

拍共闹岔。

Peit giongd laox chax.

斗妻嘎你龙标龙斗，

Doub qud giad nit longb bioud longb deb，

弄力嘎炯龙纵龙秋。

Nongx lib giad jiongx longb zongb longb quid.

嘎你千兔，

Giad nit qiant miant，

嘎炯千乖。

Giad jiongx qiant gweit.

嘎你千图，

Giad nit qiant tub，

嘎炯千陇。

Giad jiongx qiant liongd.

嘎你禾突潮录麻果，

Giad nit aot tud zaox lub mab giuet，

嘎炯禾痛潮弄麻明。

Giad jiongx aot tongx zaox nongx mab miongb.

嘎你禾矮昂肖，

Giad nit aot angb ghangb xiaot，

嘎炯禾纵酒共。

Giad jiongx aot zongb jiud giongx.

几猛走比麻八，

Jid mengb zoub bid mab bad，

斗冲蒙嘎半弟，

Doub chongt mengb giax banb dib，

斗尼锐蒙吉仰。

doub nib ruib mengb jib yangd.

扛蒙召半楼腊楼嘎，

Gangb mengb zhaob banb loub lab loub giad，

召共楼猛楼浓。

Zhaob gongx loub mengb loub niongx.

扛蒙产豆腊长几单号弄板纵，

Gangb mengb chant dout lab changb jid dand haox nongd band zongb，

扛蒙吧旧腊长几送号弄板秋。

Gangb mengb bax jiux lab changb jid songx haox nongd banb quid.

魑魅要灭彻底，魍魉要杀干净。

灭了再灭完全彻底，杀了再杀全部干净。

灭了要灭断根断苑，杀了要杀烂体烂身。

灭了要灭魑魅之种，杀了要杀魍魉之苗。

要灭——

涨水来冲，垮山来压。

洪水冲去险滩，泥流冲去凶地。

高山垮山滑坡，大岭垮岩落土。

垮山滑坡，垮岩落土。

鬼魅莫在屋角房角，邪魔莫坐房角宅角。

莫躲楼上，莫藏楼脚。

莫在穿枋，莫坐牌坊。

莫躲糯米白米桶中，莫藏小米亮米桶内。

莫躲酸肉坛里，莫藏酸鱼罐内。

不走抓发打脸，打出大门之外，右手提你翻滚。

送你滚坪烂土烂泥，滚坡烂杂烂草。

送你千年也回不转这里家堂，送你百岁也回不转此间家殿。

32.

香傩香瓜，

Xiangt niub xiangt guat,

苟拢立照猛竹，

Geud longb lib zhaob mengb zhus,

岁照猛吹。

Suit zhaob mengb chuid.

棍拢几抓共闹共叫，

Ghunt longb jid zhuab giongx laot giongx jiaob,

棍拢吉中共豆共斗。

Ghunt longb jid zhongb giongx doux giongx doub.

阿标林休，

Ad bioud liongs xut,

阿竹共让。

Ad zhus giongx rangx.

纵那纵苟，

Zongb nat zongb goud,

纵玛纵得。

Zongb ned zongb max.

苟梅得拔,

Goud meb det pead,

打大内蒙。

Dat dab neb mengb.

便告浪秋,

Biat ghaox nangb quit,

照告浪兰。

Zhaob ghaox nangb lanb.

拔拢几抓拔到先头,

Pead longb jid zhuab pead daox xiand toub,

浓拢吉中浓到木汝。

Niongx longb jib zhongd niongx daox mus rux.

棍拢苟达长猛苟达,

Ghunt longb goud dab changb mengb goud dab,

棍拢苟炯长猛苟炯。

Ghunt longb goud jiongx changb mengb goud jiongx.

棍拢哭内长猛哭内,

Ghunt longb kut ned changb mengb kut ned,

棍拢哭那长猛哭那。

Ghunt longb kut nat changb mengb kut nat.

产豆几扛长苟,

Cant dout jid gangb changb goud,

吧就几扛长公。

Beax jiux jid gangb changb gongt.

挡在大门,隔在楼门。
鬼来跨越,烂脚烂腿。
鬼来跨过,烂臂烂手。
一家大小,一屋老幼。
族兄族弟,族父族子。
舅公外婆,姑娘姊妹。

五方亲眷，六面亲戚。
女来跨越女得长命，
男来跨过男得长寿。
鬼来左路回去左路，
鬼来右道转去右道。
鬼来日洞回去日洞，
鬼来月穴转去月穴。

33.

吧奈便告斗补，

Beax naix biat ghaox doub bub,

照告然冬。

Zhaox ghaox rab dongt.

棍缪棍昂，

Ghunt mioub ghunt ghangb,

得寿产娥棍空，

Deb sheut cant gheb ghunt kongt,

傩汝吧图棍得。

Nus rux beax tux ghunt det.

龙斗得寿阿苟，

Nlongb doub deb sheut ad goud,

龙弄告得阿公。

Nlongb nongx ghaot deb ad gongt.

埋列扎绒追豆照吾香傩，

Maib leb zeab rongb zhuix dout zhaox wut xiangt niub,

扎便追内照吾香瓜。

Zeab biat zhuix neb zhaox xut xiangt guet.

扎绒船专，

Zeab rongb chanb zhuand,

扎便锤锤。

Zeab biat chuix chuix.

加内照几便告斗补巴吾香傩几周，

Gheat net zhaox jid biat ghaox doub bub beax wut xiangt niub jid zhoub,

加浪照几照告然洞巴吧香傩几卡。

Gheat nangd zhaox jid zhaox ghaox rab dongt beax bab xiangt niub jid kead.

奉请五方土地，六面龙神，鱼神肉神，高贵的千位祖师，尊敬的百位宗师。和我弟子一路，与我师郎一道。
你们要凿崖后山装这菖蒲法水，
凿岩后岭装这桃叶净水。
凿崖船专，凿岩锤锤。
加那日头从五方土地晒这法水不蒸，
加那太阳从六面龙神晒这净水不干。

34.
吧奈便告斗补，
Beax naix biat ghaox doub bub,
照告然冬，
Zhaox ghaox rab dongt,
棍缪棍昂。
Ghunt mioub ghunt ghangb.
得寿产娥棍空，
Deb sheut cant gheb ghunt kongt,
傩汝吧图棍得。
Nus rux beax tux ghunt det.
补产共格，
But cant giongx gib,
补吧共色。
But beax giongx seid.
补产藏立，
But cant cangx lib,
补吧藏梅。
But beax cangx meb.
补产良能锐锐照篓，
But cant liab nongb ruit ruit zhaob neub,
补吧良同让让照追。

But beax liax tongb rangx rangx zhaob zhuix.

补产不包陇嘎，

But cant bus baob longb gead，

补吧不嘎图闹。

But beax bus gead tux niuaob.

埋列候走阿够闭达，

Maib leb heux zout ab gout bioub dab，

埋列候送阿图闭松。

Maib leb heux songx ab tux bioub songt.

喂斗得寿，

Web doub deb sheut，

腊你达告竹鲁，

Leab nil dab ghaox zhus lud，

剖弄告得，

Bout nongx ghaot det，

腊炯达告竹嘴。

Leab jiongx dab ghaox zhus zuid.

阿吉腰——阿好好——阿好好。

Ad jib yaod—ab haod haod—ab haod haod.

补热声棍，

But reib shongt ghongt，

埋腊闹单禾闭赌西，

Maib leab laox dand aob bioub dud xid，

补然弄猛，

But rab nongx mengb，

埋腊闹单禾闭赌莎。

Maib leab laox dand aob bioub dud seax.

候内列走阿够闭达，

Heux neb leb zout ad goub bioub dab，

候内列送阿图闭松。

Heux neb leb songx ad tux bioub songt.

闭达走你禾闭赌西，

Biout dab zout nil aob bioub dud xid，

闭松送单禾闭赌沙。

Biout songt songx dand aob bioub dud seax.

大走猛狗几苟否转，

Dat zout mengb guoud jid geud woub zhuanb，

大送猛爬几苟否奈。

Dat songx mengb beax jid geud woub naix.

告内几扛麻傩头涌，

Ghaob net jid gangb niub toub toongx，

告虐几扛就苟花傩。

Ghaob nub jid gangb jiub geud huad nub.

闭达走你禾闭赌西，

Biout dab zout nil aob bioub dud xid，

闭松送单禾闭赌沙。

Biout songt songx dand aob bioub dud seax.

葵汝埋告中力中昂闹猛，

Kuib rux maib ghaob zhongb lib zhongb ghangb laox mengb，

傩汝埋告中求中闹闹猛。

Niub rux maib ghaob zhongb quix zhongb laox laox mengb.

阿吉腰——阿好好——阿好好。

Ad jib yaod—ab haod haod—ab haod haod.

补热声棍，

But reib shongt ghunt，

求单比补赌西，

Quix dand bid bub dud xid，

补然弄猛，

But rab nongx mengb，

求送比补赌莎。

Quix songx bid bub dud seax.

吧嘎猛能查首，

Beax gead mengb nongb ceab sout，

吧让猛同查闹。

Beax rangx mengb tongb ceab laox.

喂嘎内腊就不，

Web gead neb leab jiub bub,

喂让内腊就扛。

Web rangx neb leab jiud gangb.

猛能查首,

Mengb nongb ceab sout,

要先几没苟拢捕委内浪归先归得,

Yaox xiand jid meb geud longb pud weib neb nangb guil xiand guil det,

猛同查闹,

Mengb tongb ceab laox,

要木几没苟拢捕委内浪归木归嘎。

Yaox mus jid meb geud longb pud weid neb nangd guil mus guil gead.

列拢捕委中力中昂,

Leb longb pud weib zhongb lib zhongb ghangb,

列拢捕委中求中闹。

Leb longb pud weib zhongb quix zhongb laox.

中力中昂捕委告闹禾闭赌西,

Zhongb lib zhongb ghangb pud weid ghaob laox aob biout dud xid,

中求中闹捕委告闹禾闭赌莎。

Zhongb quix zhongb laox pud weid ghaob laox aob biout dud seax.

阿标林休,

Ad biou liongs xut,

产豆几斗中力中昂,

Cant dout jid doub zhngb lib zhongb ghangb,

阿竹共让,

Ad zhus giongx rangx,

吧就几斗中求中闹。

Beax jiux jid doub zhongb quix zhongb laox.

查他猛久,

Ceab teax mengb jiub.

弟然猛板。

Dix rab mengb banb.

葵汝几最长单达告竹鲁,

Kuib rux jid zuib changb dand dab ghaox zhus lut,

傩汝吉吾长送达告竹嘴。

Niub rux jib wut changb songx dab ghaox zhus zuid.

长拢你瓦意记松斗，

Changb longb nil weab yib jib songx doub,

长拢炯龙以打穷炯。

Changb longb jiongx longb yit dat qiongx jiongb.

你瓦喂斗得寿，

Nit weab web doub deb sheut,

炯龙剖弄告得。

Jiongx longb bout nongx ghaot deb.

几达然鸟埋列嘎修，

Jid dab rab niaob maib leb gead xiut,

吉炯达奈埋列嘎闹。

Jib jiongx dab naix maib leb gead laox.

阿吉腰——阿好好——阿好好。

Ad jib yaod—ab haod haod—ab haod haod.

奉请五方土地，六面龙神，鱼神肉神。

高贵的千位祖师，尊敬的百位宗师。

三千骑驴，三百骑马。

三千抬旗，三百抬枪。

三千舞刃渺渺在前，三百舞刀闪闪在后。

三千披袍披架，三百披甲戴盔。

你们帮人要交一段死帛，你们帮人要送一段死布。

吾本弟子，我在凡间坪地，

我这师郎，我坐凡尘坪场。

神韵——

三番神腔，你们下到阴山洞里，

三声神韵，你们下到阴山洞内。

帮人要送一段死帛，

帮人要送一段死布。

死帛送到阴山洞里，

死布送到阴山洞内。
若交大狗不用它捆，
若送大猪不用它系。
从今以后不许发芽，
从今往后不许生枝。
一段死帛送到阴山洞里，
一段死布送到阴山洞内。
祖师你们从梯子上来，
宗师你们从梯板上到。
神韵——
三番神腔，祖师上登阴山洞口，
三声神韵，宗师上到阴山洞外。
要借大刀铁刃，要讨利刃铁刀。
去借人送也得，去讨人送也获。
大刀铁刃，
少气没有用来砍斫人家的长气儿气，
利刃铁刀，
少息没有用来砍斫人家的气息孙息。
要来砍断进洞的梯子，
要来砍断进洞的梯板。
进洞的梯子砍断倒进了洞中，
进洞的梯板砍断倒进了洞内。
一家大小，
千年没有这进洞的梯子了，
一屋老幼，
百载没有这进洞的梯板了。
清吉平安，康泰如意。
祖师齐齐回到大门之边，
宗师齐齐转到大门之前。
回来纳受蜂蜡糠香，
转来坐领纸团糠烟。
保护吾本弟子，拥护我这师郎。
同日有请你们莫起，

同时有奉你们莫去。

神韵——

后 记

　　笔者在本家 32 代祖传的丰厚资料的基础上，通过 50 多年来对湖南、贵州、四川、湖北、重庆等五省市及周边各地苗族巴代文化资料挖掘、搜集、整理和译注，最终完成了这套《湘西苗族民间传统文化丛书》。

　　本套丛书共 7 大类 76 本 2500 多万字及 4000 余幅仪式彩图，这在学术界可谓鸿篇巨制。如此成就的取得，除了本宗本祖、本家本人、本师本徒、本亲本眷之人力、财力、物力的投入外，还离不开政界、学术界以及其他社会各界热爱苗族文化的仁人志士的大力支持。首先，要感谢湖南省民族宗教事务委员会、湘西州政府、湘西州人大、湘西州政协、湘西州文化旅游广电局、花垣县委、花垣县民族宗教事务和旅游文化广电新闻出版局、吉首大学历史文化学院、吉首大学音乐舞蹈学院、湖南省社科联等各级领导和有关工作人员的大力支持；其次，要感谢中南大学出版社积极申报国家出版基金，使本套丛书顺利出版；再次，要感谢整套丛书的苗文录入者石国慧、石国福先生以及龙银兰、王小丽、龙春燕、石金津女士；最后，还要感谢苗族文化研究者、爱好者的大力推崇。他们的支持与鼓励，将为苗族巴代文化迈入新时代打下牢固的基础、搭建良好的平台；他们的功绩，将铭刻于苗族文化发展的里程碑，将载入史册。《湘西苗族民间传统文化丛书》会记住他们，苗族文化阵营会记住他们，苗族的文明史会记住他们，苗族的子子孙孙也会永远记住他们。

浩浩宇宙，莽莽苍穹，茫茫大地，悠悠岁月，古往今来，曾有我者，一闪而过，何失何得？我们匆匆忙忙地从苍穹走来，还将促促急急地回到碧落去，当下只不过是到人世间这个驿站小驻一下。人生虽然只是一闪而过，但我们总该为这个驿站做点什么或留点什么，瞬间的灵光，留下这一丝丝印记，那是供人们记忆的，最后还是得从容地走，而且要走得自然、安详、果断和干脆，消失得无影无踪……

编　者

2020 年 11 月

图集

古白歌之灵前阳席(石开森摄)

古白歌之祭奠礼的鼓坊(石开森摄)

古白歌之祭灵（石开森摄）

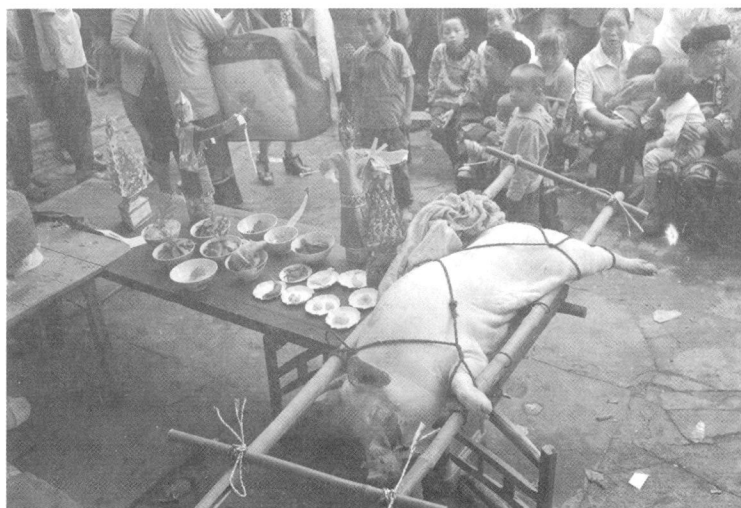

古白歌之献礼（石国慧摄）

古白歌之金童玉女（石开森摄）

古白歌之阴席（石开森摄）

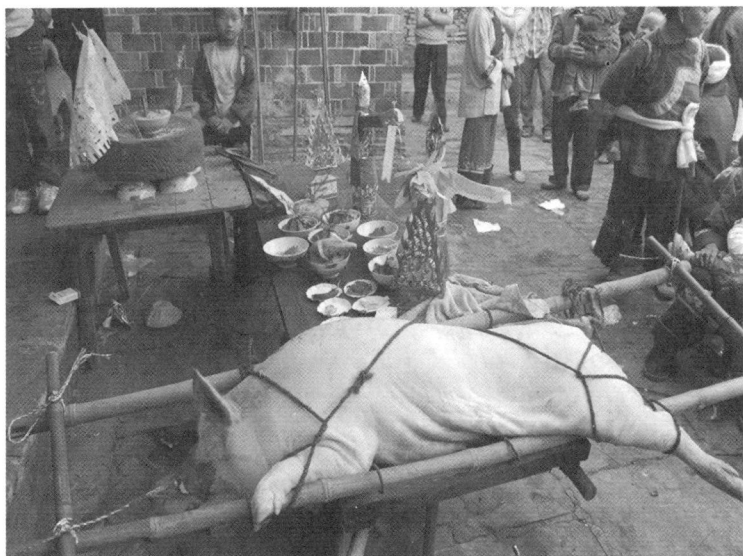

古白歌之猪祭（石开森摄）

唱悼念歌（石开森摄）

持幡唱引魂歌(石开森摄)

持香唱悼念歌(石开森摄)

打手诀唱送亡歌（石国慧摄）

悼念祭坛摄影（石金津摄）

灵前供品(石国福摄)

灵堂设置(石国福摄)

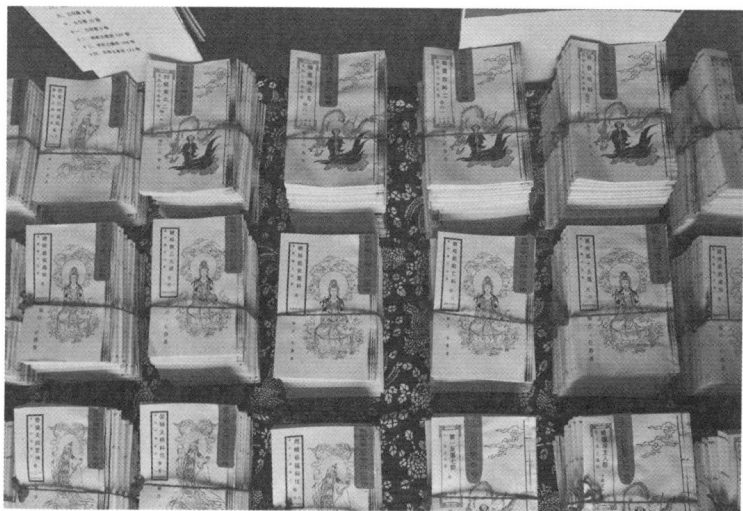

古白歌线装版图书之一（周建华摄）

古白歌线装版图书之二（周建华摄）

图书在版编目(CIP)数据

古白歌／石寿贵编. —长沙：中南大学出版社，
2020.12

(湘西苗族民间传统文化丛书. 二)

ISBN 978-7-5487-4236-4

Ⅰ.①古… Ⅱ.①石… Ⅲ.①苗族—民歌—作品集—
中国—古代 Ⅳ.①I276.291.6

中国版本图书馆 CIP 数据核字(2020)第 205601 号

古白歌
GUBAIGE

石寿贵　编

□责任编辑	刘　莉	
□责任印制	易红卫	
□出版发行	中南大学出版社	
	社址：长沙市麓山南路	邮编：410083
	发行科电话：0731-88876770	传真：0731-88710482
□印　　装	湖南省众鑫印务有限公司	

□开　　本　710 mm×1000 mm 1/16　□印张 15.75　□字数 367 千字　□插页 2

□互联网+图书　二维码内容　音频 2 小时 17 分钟 38 秒

□版　　次　2020 年 12 月第 1 版　□2020 年 12 月第 1 次印刷

□书　　号　ISBN 978-7-5487-4236-4

□定　　价　158.00 元

图书出现印装问题，请与经销商调换